国际大奖小说

卡夫卡和旅行娃娃

[西]霍尔迪·塞拉·依·法布拉 / 著
[西]佩普·蒙特塞拉 / 绘
王 猛 / 译

新蕾出版社

图书在版编目 (CIP) 数据

卡夫卡和旅行娃娃/(西)法布拉著;(西)蒙特塞拉绘;王猛译.
—天津:新蕾出版社,2012.1(2020.4 重印)
(国际大奖小说)
ISBN 978-7-5307-5204-3

Ⅰ.①卡…
Ⅱ.①法…②蒙…③王…
Ⅲ.①儿童文学–长篇小说–西班牙–现代
Ⅳ.①I551.84

中国版本图书馆 CIP 数据核字(2011)第 149759 号

Original title: Kafka y la muñeca viajera
© Jordi Sierra i Fabra, 2006
© De las ilustraciones, Pep Montserrat
© Ediciones Siruela, S. A., 2006
Simplified Chinese translation copyright © 2012 by New Buds
Publishing House (Tianjin) Limited Company
ALL RIGHTS RESERVED
津图登字:02–2011–49

出版发行:新蕾出版社
http://www.newbuds.com.cn
地　　址:天津市和平区西康路 35 号(300051)
出 版 人:马玉秀
电　　话:总编办(022)23332422
　　　　　发行部(022)23332351　23332679
传　　真:(022)23332422
经　　销:全国新华书店
印　　刷:山东德州新华印务有限责任公司
开　　本:880mm×1230mm　1/32
字　　数:65 千字
印　　张:4.25
版　　次:2012 年 1 月第 1 版　2020 年 4 月第 24 次印刷
定　　价:18.00 元

著作权所有,请勿擅用本书制作各类出版物,违者必究。
如发现印、装质量问题,影响阅读,请与本社发行部联系调换。
地址:天津市和平区西康路 35 号
电话:(022)23332677　邮编:300051

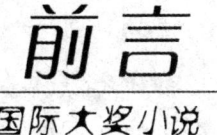

前言

一辈子的书

梅子涵

亲近文学

  一个希望优秀的人,是应该亲近文学的。亲近文学的方式当然就是阅读。阅读那些经典和杰作,在故事和语言间得到和世俗不一样的气息,优雅的心情和感觉在这同时也就滋生出来;还有很多的智慧和见解,是你在受教育的课堂上和别的书里难以如此生动和有趣地看见的。慢慢地,慢慢地,这阅读就使你有了格调,有了不平庸的眼睛。其实谁不知道,十有八九你是不可能成为一个文学家的,而是当了电脑工程师、建筑设计师……可是亲近文学怎么就是为了要成为文学家,成为一个写小说的人呢?文学是抚摸所有人的灵魂的,如果真有一种叫作"灵魂"的东西的话。文学是这样的一盏灯,只要你亲近过它,那么不管你是在怎样的境遇里,每天从事

001 卡夫卡和旅行娃娃

怎样的职业和怎样地操持,是设计房子还是打制家具,它都会无声无息地照亮你,使你可能为一个城市、一个家庭的房间又添置了经典,添置了可以供世代的人去欣赏和享受的美,而不是才过了几年,人们已经在说,哎哟,好难看哟!

谁会不想要这样的一盏灯呢?

阅读优秀

文学是很丰富的,各种各样。但是它又的确分成优秀和平庸。我们哪怕可以活上三百岁,有很充裕的时间,还是有理由只阅读优秀的,而拒绝平庸的。所以一代一代年长的人总是劝说年轻的人:"阅读经典!"这是他们的前人告诉他们的,他们也有了深切的体会,所以再来告诉他们的后代。

这是人类的生命关怀。

美国诗人惠特曼有一首诗:《有一个孩子向前走去》。诗里说:

有一个孩子每天向前走去,

他看见最初的东西,他就变成那东西,

那东西就变成了他的一部分……

如果是早开的紫丁香,那么它会变成这个孩子的一

KAFKA Y LA MUÑECA VIAJERA

部分；如果是杂乱的野草，那么它也会变成这个孩子的一部分。

我们都想看见一个孩子一步步地走进经典里去，走进优秀。

优秀和经典的书，不是只有那些很久年代以前的才是，只是安徒生，只是托尔斯泰，只是鲁迅；当代也有不少。只不过是我们不知道，所以没有告诉你；你的父母不知道，所以没有告诉你；你的老师可能也不知道，所以也没有告诉你。我们都已经看见了这种"不知道"所造成的阅读的稀少了。我们很焦急，所以我们总是非常热心地对你们说，它们在哪里，是什么书名，在哪儿可以买到。我就好想为你们开一张大书单，可以供你们去寻找、得到。像英国作家斯蒂文生写的那个李利一样，每天快要天黑的时候，他就拿着提灯和梯子走过来，在每一家的门口，把街灯点亮。我们也想当一个点灯的人，让你们在光亮中可以看见，看见那一本本被奇特地写出来的书，夜晚梦见里面的故事，白天的时候也必然想起和流连。一个孩子一天天地向前走去，长大了，很有知识，很有技能，还善良和有诗意，语言斯文……

同样是长大，那会多么不一样！

003 卡夫卡和旅行娃娃

国际大奖小说

自己的书

优秀的文学书,也有不同。有很多是写给成年人的,也有专门写给孩子和青少年的。专门为孩子和青少年写文学书,不是从古就有的,而是历史不长。可是已经写出来的足以称得上琳琅和灿烂了。它可以算作是这二三百年来我们的文学里最值得炫耀的事情之一,几乎任何一本统计世纪文学成就的大书里都不会忘记写上这一笔,而且写上一个个具体的灿烂书名。

它们是我们自己的书。合乎年纪,合乎趣味,快活地笑或是严肃地思考,都是立在敬重我们生命的角度,不假冒天真,也不故意深刻。

它们是长大的人一生忘记不了的书,长大以后,他们才知道,原来这样的书,这些书里的故事和美妙,在长大之后读的文学书里再难遇见,可是因为他们读过了,所以没有遗憾。他们会这样劝说:"读一读吧,要不会遗憾的。"

我们不要像安徒生写的那棵小枞树,老急着长大,老以为自己已经长大,不理睬照射它的那么温暖的太阳光和充分的新鲜空气,连飞翔过去的小鸟,和早晨与晚间飘过去的红云也一点儿都不感兴趣,老想着我长大

卡夫卡和旅行娃娃

KAFKA Y LA MUÑECA VIAJERA

了,我长大了。

"请你跟我们一道享受你的生活吧!"太阳光说。

"请你在自由中享受你新鲜的青春吧!"空气说。

"请你尽情地阅读属于你的年龄的文学书吧!"梅子涵说。

现在的这些"国际大奖小说"就是这样的书。

它们真是非常好,读完了,放进你自己的书架,你永远也不会抽离的。

很多年后,你当父亲、母亲了,你会对儿子、女儿说:"读一读它们,我的孩子!"

你还会当爷爷、奶奶、外公和外婆,你会对孙辈们说:"读一读它们吧,我都珍藏了一辈子了!"

一辈子的书。

目录

卡夫卡和旅行娃娃

KAFKA Y LA MUÑECA VIAJERA

第一个愿望：遗失的洋娃娃 ·················· 001

  A ·················· 003

  B ·················· 007

  C ·················· 011

  D ·················· 016

  E ·················· 019

第二个幻想：布里奇达的信 ·················· 023

  F ·················· 025

  G ·················· 031

  H ·················· 039

  I ·················· 044

  J ·················· 049

  K ·················· 056

第三个幻想：旅行娃娃的漫漫旅途 ·············· 061

　　L ··· 063

　　M ·· 068

　　N ··· 073

　　O ··· 077

　　P ··· 082

第四个微笑：礼物 ························· 087

　　Q ··· 089

　　R ··· 092

　　S ··· 097

　　T ··· 102

　　U,V,W,X,Y,Z ································· 107

后记 ··· 109

作者感言 ··· 112

KAFKA Y LA MUÑECA VIAJERA

A

每个风和日丽的早晨，卡夫卡先生都会到斯泰格里茨公园散步。

这个上午，公园里的一切都显得那么温馨甜蜜：年轻的恋人们陶醉在幸福的时光中；老人们沉浸在过去的回忆里，他们布满皱纹的双手见证了曾经的沧桑；士兵们身着气派的军装；用人们身穿整齐的制服；家庭教师们与衣着整洁的孩子们在一起学习、玩耍；小夫妻们则盼望着他们即将出生的孩子，像是期盼着一个美好的梦想；而单身汉们却无视这一切，眼神中略显漠然；当然，公园里还充斥着忙碌的警卫、园丁以及小贩们的身影……

斯泰格里茨公园在绿树的围绕中显得生机勃勃，像是大自然赐予我们的礼物。

弗兰茨·卡夫卡享受这样的时光。他环视着周围的一切，聆听着树林里的欢声笑语。他如同一块海绵，吸收

国际大奖小说

着周围的欢乐带给他的灵魂的能量。卡夫卡是独自一人。他的脚步在如此热闹甜蜜的清晨略显低迷,他的内心在平静与人群的喧闹之间徘徊。

那一刻,一切都变得如此安静……

耳边听到的只有正在做游戏的孩子们欢乐的笑声和母亲们温柔的叮嘱。而这些平静的话语也正一点一点地离卡夫卡而去。

那一刻,一切又变得如此安静……

突然,一阵小女孩伤心的哭泣声让卡夫卡停了下来。

小女孩离卡夫卡很近,大概只有几步远。她周围空无一人,正独自伤心地哭着。看起来不像是因为孩子间的争吵,也不像是受到了母亲的责备,更不像是因为身体受伤,因为小女孩身上并没有任何伤痕。

小女孩依旧站在那里伤心地哭泣着,她的脸上仿佛凝结了全世界所有的苦闷与悲伤。

卡夫卡上下打量着这个小女孩。没有人注意到她在哭泣,因为她独自站在那里,周围空无一人。

卡夫卡显得不知所措。小孩子总是让人难以捉摸。他们身上总是交织着欢笑和眼泪,总是充满活力,也总是毫无保留同时又不假思索地问各种奇怪的问题。尽管卡夫卡没有孩子,但他对孩子还是有认识的。

卡夫卡和旅行娃娃

KAFKA Y LA MUÑECA VIAJERA

　　小女孩看上去只有几岁，不过很难推算出具体的年龄，她们的年龄总是一个谜。她衣着整齐，穿着小靴子、短裤、带花边的衬衫和一条荷叶边下摆的连衣裙。她的头发很长，颜色很深，梳着两条漂亮的小辫子。尽管此时小女孩的小脸蛋儿挂满泪水，看上去并不那么美丽，但如同其他小女孩一样，在这个春天般活泼的年纪，她依然显得很可爱。

　　卡夫卡平静地站在那里，心中却惴惴不安地揣测着。

　　这个小女孩独自在这儿做什么？难道她走丢了吗？如果是这样，那应该拉住小女孩的双手来安慰她，让她平静下来，然后陪着她一起去找公园的警卫。但是，如何才能让她平静下来呢？况且作为一个陌生人，如果和她说话，还牵着她的手走路，会不会让情况变得更糟呢？

　　不，不会更糟的。如果不负责任地对小女孩置之不理，把她一个人扔在公园里，那才更糟。

　　让人无法琢磨的孩子啊！

　　小女孩依旧哭得那么伤心。

　　卡夫卡从未见过任何一个人像小女孩这样哭泣。

　　卡夫卡犹豫着，但他最终顺从了自己的内心。人生通常不给人重新选择的机会，他决定去给小女孩带路。于是，卡夫卡向着小女孩的方向迈出了第一步。他摘下了帽子，这让他看上去显得不那么严肃，然后尽可能地面带微笑。

实际上，尽管卡夫卡尽了最大的努力，但他的脸依然因为强烈的胃痛而显得有些狰狞。但此刻，他对此也无能为力。

卡夫卡站在了小女孩的面前。

KAFKA Y LA MUÑECA VIAJERA

B

"你好!"

小女孩停止了哭泣,但依旧止不住地抽泣着。她抬起头,看到了卡夫卡。从她失落的抽泣中可以看出,她并没有完全走出悲伤的情绪。她的双眼像溢出水的湖泊,眼泪像无法控制的洪水一样从脸颊一直流向下巴。

小女孩抽泣了两三下后回答道:"你好!"

"你怎么啦?"

她看上去并不害怕,而是一副无比天真的表情。她的眼中看上去充满了痛苦、难过、悲伤和一份深藏的情感。

"你迷路了吗?"卡夫卡继续问道。

"我没有。"

她的回答很奇怪。因为通常回答"没有"就可以了,而小女孩却特意地说"我没有"。

"你住在哪儿?"

007卡夫卡和旅行娃娃

国际大奖小说

小女孩不明确地指向了她的左边。顺着她指的方向望去，从浓密的树冠中隐隐约约可以看到几所房子。这多少让情况变得好了起来，因为至少可以肯定，小女孩不是走丢了。

"你受到什么伤害了吗？"虽然卡夫卡知道周围一个人都没有，但这是一个必要的问题，而且这样的谈话可以赢得小女孩的信任。

她摇了摇头。

"我没有。"

卡夫卡几乎可以确定，是小女孩的某个小伙伴走丢了。

就算今天的斯泰格里茨公园温暖和煦，一个负责任的母亲也会时刻关心着她的孩子，又怎会留下她独自一人在公园里玩儿呢？

难道是坏人干的吗？

"好吧，你没有迷路，对吧？"卡夫卡想确定小女孩不是走丢了。

"我没有，我已经说过了。"小女孩叹了口气。

"那是谁不见了？"

"我的洋娃娃。"

说着，刚刚才消失的眼泪又一次盈满了小女孩的眼眶。看上去，洋娃娃的丢失让她陷入了深深的痛苦之中。

卡夫卡和旅行娃娃 008

KAFKA Y LA MUÑECA VIAJERA

卡夫卡下意识地向后退了一步，尽量不去看小女孩难过的表情。

"你的洋娃娃？"卡夫卡略显不解地问道。

"是的。"

不管洋娃娃也好，小伙伴也罢，小女孩那止不住的眼泪带着让人无法琢磨的悲伤，这样真诚却又悲痛的泪水是他从未见过的。

此刻应该做些什么呢？

卡夫卡不知所措。

走掉吗？卡夫卡像是被戏剧主人公感染了般，一时间精神有点儿混乱。扔下她是万万不行的，但留下来……又为了什么呢？

卡夫卡不知道应该对小女孩说些什么，更何况是一个因为丢失了心爱的洋娃娃而伤心哭泣的小女孩。

"你最后一次看到洋娃娃是在什么地方？"

"在那条长凳上。"

"你那时在做什么？"

"在那里玩儿。"小女孩随手指向了她刚刚玩耍的地方。

"你在那里玩儿了很长时间吗？"

"我不清楚。"

这些问题看起来就像警察审问罪犯时的问讯一样，

009 卡夫卡和旅行娃娃

国际大奖小说

但这里并不是犯罪现场，卡夫卡也不是警察，而这个意外事件的主角更不是一个成年人。这让事情变得更加麻烦。卡夫卡越发地不知所措。他想离开，但又不能。这个无助的小女孩的眼中依旧噙着泪水。

一句歉意，一句"我很遗憾"，对这个小女孩来说或许已经足够，然后卡夫卡便可以回家。或是一句劝告"回家吧，孩子"，听上去也已经足够温柔。

但为何孩子的悲伤总是这么触动人心？

场景是真实的。一个小女孩和她的洋娃娃之间的友谊，仿佛是全世界最深厚的感情。卡夫卡似乎被一股强大的力量震撼着、驱使着。

那一瞬间，卡夫卡的内心感到一阵悲凉。

或许，解决问题的方法很简单……

卡夫卡用一个作家的思维开始思考。

"等等，等等，我真蠢！你的洋娃娃叫什么名字？"

"布里奇达。"

"布里奇达？当然！"卡夫卡的声音变得很肯定，"是的，就是她！对不起，我刚刚忘记了她的名字！工作太多，都把我弄糊涂了！"

小女孩睁大了双眼。

"你的洋娃娃没有丢。"卡夫卡高兴地说，"她是去旅行了！"

卡夫卡和旅行娃娃 010

KAFKA Y LA MUÑECA VIAJERA

听着这有些不可思议的话,小女孩的眼神中充满了疑惑。但她毕竟还是个孩子,孩子总是容易相信别人的话。在他们的世界里不存在成人间的猜疑,那是一个每天伴随着太阳和月亮,充满着和平、友爱和亲密的世界。至少在此时此刻,在斯泰格里茨公园,在1923年的柏林,是这样的。

卡夫卡故作镇定地看着小女孩,脑海中却拼命地想象着一切关于洋娃娃的事情,尽管他从未见过那个洋娃娃。一切的关键,是要让这个无辜的小女孩被他坚定沉着的表现说服,相信他脑海中那个刚刚诞生的离奇的念头:洋娃娃去旅行了。

"去……旅行了?"小女孩吞吞吐吐地问。

"是的!"小女孩每次提问的间隙,对卡夫卡而言都弥足珍贵。他必须利用每个短暂的间隙在头脑中构思关于洋娃娃的故事。

国际大奖小说

"洋娃娃去哪里旅行了?"

"来,我们坐下来慢慢讲。"卡夫卡指向最近的一条长椅。由于在树荫下,那条长椅上并没有人在歇息。"你知道吗?我现在很疲惫。"卡夫卡说。

卡夫卡那时四十岁,和小女孩相比他自然算是老了。当然,他的疲惫也因为他糟糕的身体状况。由于身患肺结核,他显得憔悴不堪,也因此早已不堪繁重的工作。他们坐在长椅上,卡夫卡觉得这样可以让小女孩尽快平静下来。他们置身于自己的小世界里,即便散步的人们从身旁经过,他们也没有察觉。

过了一会儿……

"你叫什么名字?"卡夫卡故意问道。

"艾希。"

"艾希,当然!那当然是你的洋娃娃,因为那封信是她写给你的!"

"什么信?"

"洋娃娃写给你的信,她想要跟你解释为什么会离开得那么突然。但由于匆忙,我把信忘在了家里。明天我把信拿给你,你看了就明白了,好吗?"

卡夫卡不确定小女孩是否相信。他不知道自己的语气是否恰当且令人信服,能否让人安心。之后,要是小女孩知道这些不是真的,她会更伤心的。但是现在,她会因

KAFKA Y LA MUÑECA VIAJERA

为拥有希望而不再难过。

这份希望比现实更加重要。

"布里奇达为什么要离开我去旅行?"小女孩不厌其烦地问。

卡夫卡早就料到了小女孩要这样问。他很庆幸在短短的时间里,他就了解了小女孩的想法,知道她会问什么。

"她做你的洋娃娃多久了?"

"她一直都是我的洋娃娃。"

"一直都是吗?"

"是的。"

"这就是原因。"

"为什么?"

"你有哥哥姐姐吗?"

"有。"

"他们中有谁结婚了吗?"

"没有。"

"哦,是这样……"

"但我的表姐尤特结婚了。"

"她结婚之后离开父母了吗?"

"是的。"

"布里奇达和你表姐一样,她也到了该离开家去追寻

013 卡夫卡和旅行娃娃

自由的年纪了。"

卡夫卡不确定小女孩是否能明白他的意思,但此时此刻他只能这样说了。"我是说我们所有人到了一定的年龄都想要离开家、离开自己的父母,去旅行,去了解人生,去认识世界,去探寻奇妙的未来。"

"她从未对我说过这些。"艾希还是悲伤地嘟着小嘴,喃喃地说。

"她或许是忘了告诉你,或许是觉得你还不懂这些。"小女孩们经常跟她们的洋娃娃说话吗?是的,这毋庸置疑。她们相信洋娃娃也会和她们说话吗?是的,她们相信。卡夫卡不能直接告诉小女孩人生就是这样,这会使情况更糟,因为在小女孩这样的年纪,谈论人生显然为时过早。"正是因为这样,她才给你写了一封信。"

艾希琢磨着卡夫卡说的话。她用孩童的逻辑反复思考着,这些话在她幼小的生命里是新鲜的。卡夫卡没有动,但他从艾希刚刚哭过的眼睛里感觉到她正在慢慢地去理解这些话的意思。

这些话很有说服力。

但很快,艾希发现了这些话中存在着一个巨大的漏洞。

"先生,为什么我的洋娃娃会给您写信呢?"

这又是一个关键的问题。

卡夫卡和旅行娃娃 014

KAFKA Y LA MUÑECA VIAJERA

但是卡夫卡早已经准备好答案了。

"因为我是洋娃娃的邮差。"卡夫卡眼睛眨都不眨地回答。

国际大奖小说

艾希看上去像是在忍受着悲伤——这突如其来的现实带给她的悲伤。她甚至不确定,一切是否如卡夫卡所说的那样。

"邮递员叔叔不是把信送到家的吗?"

"普通的邮递员是那样的,但洋娃娃的邮递员则不然。洋娃娃的信是很特殊的,因为这些信不同于普通的信,所以它们被委托一定要交到收信人的手中。你不觉得你的爸爸妈妈看到一封来自洋娃娃的信会很惊奇吗?如果他们因为好奇打开信来看看呢?你不希望那样吧?"

"不,我不希望那样。"

"所以啊,这些信不能只送到家里,还要亲自交到收信人的手中。"

"但是,我现在还看不懂信呢。"

"你看,"卡夫卡把握住了事情的关键,"这很正常。很多小女孩虽然收到了信,但是也看不懂,于是我们就

KAFKA Y LA MUÑECA VIAJERA

要为她们大声朗读信的内容。因此,洋娃娃的邮递员就显得很重要。这是一项非常重要的工作。"

艾希已经不再哭了。她抬起手揉了揉眼睛,擦干了眼泪,不时地低下头盯着自己的双脚,显然还在想着洋娃娃邮差的事情。

悲伤像一座堡垒困住了她。

"为什么您不去把信拿来呢?"

"很遗憾,现在天已经不早了。我每天的工作时间只有一会儿。现在,你也该回家了,好吗?"

艾希望向不远处钟楼上的时钟。

"还没到中午十二点呢!"艾希指着时钟说,"好吧,就这样吧。不过您明天什么时候开始工作呢?"

"你什么时候来这个公园?"

"当两个表针像这样的时候。"她伸出双手,用两根小手指向卡夫卡摆出了一个直角的形状。

"哦,很好!"卡夫卡高兴地说,"这刚好和我开工的时间一样。明天我一定第一个给你送信。"

"您真的会给我带来布里奇达的信吗?"

艾希还是个孩子,在她单纯的世界里,这封信不会这么轻易地就被淡忘。她回到家后,会继续想着她的洋娃娃。当她吃完午饭,吃过晚饭,直到躺下准备睡觉的时候,这件事依然会在她的脑海中:布里奇达走了,只留给她一封信。卡夫卡相信当明天早晨艾希醒来的时候,她会像往常一样玩耍、读书、上学,做一切她日常要做的事,但到了约定的时间,艾希一定会跑来斯泰格里茨公园找他拿洋娃娃的信。

她一定迫不及待地想要看看布里奇达写给她的信。

"我当然会带给你洋娃娃的信。请相信我。"

艾希从长椅上起身站在了卡夫卡面前,显得有点儿不知所措。不过,最后她亲吻了她的这位新朋友——卡夫卡先生的脸颊,温柔得像一只蝴蝶落在了卡夫卡的脸上。

"那就明天见。"艾希向卡夫卡道别。

"好的。"卡夫卡轻柔地对艾希说道。

KAFKA Y LA MUÑECA VIAJERA

E

　　卡夫卡看着艾希向左边渐渐地走远。瘦弱的她不慌不忙、一步一步地走着，但那娇小的身影看上去是那么的坚定。

　　艾希走得越来越远，她的身影也变得越来越小。之后在一个拐角处，过往的行人挡住了卡夫卡的视线，艾希最终消失在他的视野里。

　　但在卡夫卡的脑海中，艾希并没有消失。

　　卡夫卡坐在长椅上沉默了许久。

　　"天啊，我该怎么办？"他双手抱着脑袋，显得很无助。

　　他发现自己刚刚陷入了一个可怕的麻烦当中。

　　卡夫卡生平不害怕任何人和任何事，但唯独受不了小孩子哭或是用可怜的眼神看着他，就像他新结识的小朋友艾希刚刚伤心难过的样子。这一切就像烙印一样深深地印在了卡夫卡的心里，令他动容。

　　"答应小孩子的话不能说说就算了。"卡夫卡捋了捋

019 卡夫卡和旅行娃娃

他那卷曲的头发。

如果得不到那封信，悲伤一定会一直伴随着艾希，在她的童年中留下不可磨灭的阴影。她会觉得洋娃娃抛弃了她，她最亲密的伙伴背叛了她。如果这样，她幼小的心灵一定无法接受。如果不能兑现对她的承诺，在第二天约定的时间带给她洋娃娃的信，或许艾希以后都不会再相信任何人了。

此刻，艾希一定在满心期盼着明天的到来，就像在等待着她生命中最重要的时刻。

卡夫卡感到双手发麻，当他开始回想这一前所未有的奇幻经历时，思想仿佛长出了双翼，飞到了一个让人不安的世界里。不错，卡夫卡是一个作家，但他从未想过会替一个"跑去旅行"的洋娃娃写信给她的主人。

他从长椅上站起来，文学的思绪开始在他的脑海中激烈地涌动。

卡夫卡在公园里又转了一圈儿，他看了看那些抱着洋娃娃的小女孩们开心的模样，但他依然想象不出布里奇达究竟是什么样子。这可是个问题。他该怎样在信中详细地描绘布里奇达呢？公园里的小女孩们或者亲昵地把自己的洋娃娃抱在怀里，或者开心地和自己的洋娃娃玩耍。没有一个洋娃娃像是捡来的或是偷来的，也没有一个大人像是把偷来的洋娃娃藏在口袋里，匆忙地避开

KAFKA Y LA MUÑECA VIAJERA

人们的视线。

当卡夫卡离开公园的时候,天色已经不早了,比他往常离开的时间要晚许多。即使汽车从他的身旁驶过,他也没有马上避开。事实上,他根本没有注意到这些,他的脑海已经完全被艾希和布里奇达的事所填满。他构思着洋娃娃旅途的第一站以及她在信中要向她的主人艾希写些什么。

卡夫卡回到家后,思绪依然被这些故事萦绕着。这是他编造出的一个奇幻而又神秘的故事:旅行的洋娃娃。

第二个幻想：
布里奇达的信

KAFKA Y LA MUÑECA VIAJERA

F

赫尔曼夫人有一个和艾希同龄的女儿。

这天,卡夫卡从公园出来后没有径直回家,而是来到赫尔曼夫人家的门前,按响了门铃。不一会儿,赫尔曼夫人便打开了门。虽然过道里很昏暗,但卡夫卡还是能看到赫尔曼夫人那疲倦的双眼中并没有流露出过多的亲切。这是她的邻居第一次拜访她,或者说,是想要和她交谈。社区里的人都觉得卡夫卡先生很奇怪:他没有工作,还患有重病,频繁地往返于各个诊所就医。

"早上好,赫尔曼夫人。"卡夫卡看了看表,马上改变了问候语,"哦,不对,是下午好。"但他友善的微笑并没有改变赫尔曼夫人冷漠的态度。

"您的小女儿在家吗?"

"不在。"

赫尔曼夫人显得有些不耐烦,似乎并不愿意与卡夫卡进行谈话。

 025 卡夫卡和旅行娃娃

国际大奖小说

"抱歉,打扰了,我知道我的请求很唐突……但是,您可以把您女儿的洋娃娃借我看一下吗?"

赫尔曼夫人对卡夫卡的请求感到很奇怪。

"洋娃娃?"

"什么样的都行。布的或者陶瓷的都可以,是洋娃娃就行。"

"你要洋娃娃干什么?"

"我需要了解一下,仅此而已。我要写一部关于洋娃娃的作品,但是我记不起从前我那三个姐妹的洋娃娃的样子了。如果不是很麻烦的话,可不可以给我看看?"

赫尔曼夫人一直倚着门框站着。之前她同和卡夫卡一起生活的女孩朵拉说过几次话。卡夫卡和朵拉不久前才搬到这栋简朴甚至略显破旧的公寓楼里居住。两人并没有结婚,据说是因为女孩的父亲不同意这门亲事。也许是因为卡夫卡长时间地生病,也许是因为他只是保险公司一名普通的职员,虽然他当时已经是一位赫赫有名的作家了。

"我不能让你把洋娃娃拿走。我女儿马上就要回来了,要是发现洋娃娃不见了,她会号啕大哭的。"

"我在这儿看看就可以,用不着拿走,不会有问题的。"卡夫卡略微弯下了他那羸弱的腰身,礼貌地请求着。

"好吧好吧,你要小心点儿看,别弄坏了。"赫尔曼夫

卡夫卡和旅行娃娃

KAFKA Y LA MUÑECA VIAJERA

人在卡夫卡的再三请求下终于答应了。

卡夫卡站在楼道里等着。朵拉这会儿一定会因为他这么晚还没回家而焦急万分。她一直在照顾和保护着卡夫卡。虽然还有几分钟卡夫卡就能到家了,但自己似乎还是应该先回家一趟好让朵拉放心。

卡夫卡正这么想着,却见赫尔曼夫人从她家的前厅走出来,穿过昏暗的走廊,走廊的墙上挂着暗红色的碎花布窗帘。她的手中拿着一个破旧的洋娃娃,看起来不像是她女儿最心爱的那个,最多是从衣橱或是箱子底下翻出来的。但是这也足够了,卡夫卡本来也不需要多么昂贵漂亮的洋娃娃,他只是想把洋娃娃拿在手里,感受一下那种从未有过的感觉。

"给你。"赫尔曼夫人把洋娃娃递给了卡夫卡。

"非常感谢!您真是太好了!"

这个洋娃娃少了一只眼睛,一条腿也已经脱落。她的头发在头顶直立着,蓬头垢面的样子配上那身暗绿色的衣服显得特别脏。起初,卡夫卡把洋娃娃紧紧拿在手里仔细端详着:洋娃娃那扁平的小鼻子和红色的双唇像是始终在对人微笑一样。之后,卡夫卡观察得更仔细了,从洋娃娃的小手、小脚,一直到她的姿势和神态。

卡夫卡甚至撩开洋娃娃身上的衣服,从里到外地观察着,像是这洋娃娃的身上藏着什么不为人知的秘密一

027 卡夫卡和旅行娃娃

样。赫尔曼夫人对此十分不解,她紧锁着眉头站在一旁。

这只是一个普通的洋娃娃,并没有什么新奇之处。

"赫尔曼夫人,您的孩子平时对洋娃娃说话吗?"

"当然,我女儿抱着娃娃玩耍的时候经常对她们说话,就像别的小女孩那样。"

卡夫卡本来有更多的问题,但他原本是打算问赫尔曼夫人的女儿的,而不是这个总像在怀疑他有什么企图的赫尔曼夫人。但邻里间关于自己生病的各种流言蜚语,让他不确定赫尔曼夫人能否允许自己接近她的女儿。

"这个娃娃叫卡拉,我女儿把她当作自己的小妹妹一样。"赫尔曼夫人对他的态度似乎比刚才略微缓和了一些。

"啊!这真有趣。"

卡夫卡已经完成了任务,不用继续待在这个昏暗的楼道里了。四周微弱的光线让他的双眼感觉很不舒服。

"您帮了我一个大忙。"卡夫卡把洋娃娃还给了赫尔曼夫人,"真的很谢谢您。"

"没什么。"赫尔曼夫人说着便转身进屋并随手关上了门。

卡夫卡上楼回到了自家门前。他没有拿钥匙开门,因为朵拉听见他上楼时的脚步声,早已在家门口等着他

KAFKA Y LA MUÑECA VIAJERA

回来了。她带着甜蜜的微笑,温柔地拥抱了卡夫卡。

"我刚才好像听见你在和谁说话。"

"是的,和赫尔曼夫人。"

"你还挺善谈的。"

"我刚才是想……"要是朵拉知道卡夫卡在路上耽误这么久是为了看一个洋娃娃,那她会开心吗?卡夫卡话还没说完,便在心里这样琢磨着。

于是,卡夫卡选择了对朵拉隐瞒这件事,两个人像往常一样回到了家里。此刻,摆在卡夫卡眼前最重要的事,就是通过他所了解的洋娃娃去写那封不可思议的信。

这似乎是他生命中最困难的一次创作。

"去散步感觉怎么样?今天比平时晚了很多呀。"朵拉问道。

"以后你就知道了,好吗?"

"你去哪儿?"

"去写作。"

"现在就去吗?"

卡夫卡亲吻了朵拉。向朵拉解释清楚这一切会很复杂。朵拉或许会笑话他,因为在柏林的公园里,小女孩们丢失了自己的洋娃娃是一件再平常不过的事了,他根本不必为这种小事占用自己的时间。但此刻,卡夫卡却无

029 卡夫卡和旅行娃娃

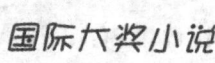

比迫切地想要替小女孩实现这个愿望。

"我需要现在就去做。"

卡夫卡知道这样向朵拉解释已经足够,因为朵拉比任何人都了解卡夫卡的性格,他做事总是这样急切和狂热。

"好吧。"

"谢谢你,亲爱的。"

"要我喊你吃饭吗?"

"好的。"

"你会停下工作好好儿吃饭吗?"

"我保证会的。"

朵拉当然知道,就算卡夫卡这样保证,当他全心投入创作的时候,他根本不会分神去关心别的事情,包括吃饭。

卡夫卡走进书房,关上了门。他脱下外套,挂在衣架上,随后就立即拿起他的钢笔开始了创作。他的书桌上总是放着一沓等待他去写满的白纸。

"我们开始吧,布里奇达!"卡夫卡在创作前对自己说道,像是给自己鼓劲。

KAFKA Y LA MUÑECA VIAJERA

G

时间开始缓慢地流逝,仿佛钟表的指针都停止了工作,时间凝固在了那一刻。卡夫卡不时地抬起头凝望着时钟,陷入了深深的沉思。可见,这次创作进展得并不顺利。但此刻,他也只能耐着性子去面对这一切了。卡夫卡在心中默默地数到六十,真切地感受到了时间在一分一秒地逝去。

与此同时,他的脑海中仿佛传来了朵拉的抱怨。

"你真是不可理喻!难道你做的这一切都是为了一个素不相识的小女孩吗?"

"并非素不相识,她叫艾希。"

"我真不知道你是想当圣人,还是你根本就是个疯子?随你便吧!"

洋娃娃的信和朵拉的抱怨就这样不时地交替出现在卡夫卡的脑海中。

约定的时间很快就要到了。钟表的指针已经接近艾希昨天临走时用手向他比划的形状。现在,只剩下这最后的一刻了,这最后的不安的一刻。

要是小女孩的妈妈知道小女孩丢了洋娃娃,一定不会任她难过而不管吧?要是小女孩跟她妈妈说洋娃娃会给她写信,不管她妈妈把这当成玩笑还是游戏,她都会对编造出这件事的卡夫卡充满了怀疑吧?她会不会叫警察来呢?

卡夫卡目不转睛地盯着昨天艾希慢慢走远直至消失的地方。

这是个温暖和煦的早晨,好天气把周围的一切都渲染得宁静而美丽。公园里的一切仿佛和昨天一样,散步的人们慵懒惬意地享受着悠闲的时光。幸运的是,昨天的那条长椅依旧空着,也许是因为那里晒不到太阳吧。看来,艾希来了之后他们又可以坐在那儿了。

卡夫卡感觉好极了。前一天下午疯狂的工作让他的神经一直处于极度紧张的状态。现在,他很高兴能享受周围的这份宁静,这让他从创作的冲动和写作的激情中渐渐放松下来。

约定的时间到了。

卡夫卡不用再等了,也不用再去远望钟楼的指针有没有指向九点,因为艾希已经出现在他的视野里了。艾希兴奋地朝卡夫卡跑来,欢乐的笑声由远及近渐渐清

KAFKA Y LA MUÑECA VIAJERA

晰。她已经无暇顾及周围,此刻在她的眼中似乎就只有卡夫卡。艾希的衣着看上去略有改变,尽管她依旧梳着同样的小马尾辫,穿着和昨天相同的短裤。她的小夹克套在娇小的身上,看起来就像春天里穿的大衣,小衬衣的领子翻在一件手工精细的罩衫之外。艾希的头上还戴着一枚蓝色的发卡,夹着她那一头浓密的长发。

卡夫卡远远地对艾希微笑着。

此刻,应该怎样去描绘卡夫卡的心情呢?幸福?高兴?

或者说此刻的他就像是一位慈祥的父亲?

看到坐在长椅上的卡夫卡,艾希并没有放慢脚步。她的表情始终如一,脸上满是期待。在孩子的世界里,他们的渴望总是不变的,不会减弱,更不会转移。现在,她的邮差就站在那里等着她。很快,艾希就站在了卡夫卡面前。她满怀期待地看着卡夫卡,气喘吁吁地问出了对自己而言最为重要的问题。

"您把信带来了吗?"

"当然。"

艾希并没有表现得如释重负,也没有显得格外喜悦。相反,她的表情很严肃,就像一个成年人在面对一次重大的人生选择时那般谨慎。她坐在了卡夫卡的右边,目不转睛地期待着卡夫卡的承诺:给她那封令她万分期

033 卡夫卡和旅行娃娃

盼的信。

卡夫卡觉得这一切都有点儿可笑。

如果有谁看到卡夫卡当时的样子,或是知道这段非同寻常的故事……

但四周一切如故。卡夫卡和艾希并没有引起他人的关注。在旁人看来,这不过是一个男人和一个小女孩坐在公园的长椅上在严肃地交谈,或许有人还会认为他们是一对父女。

卡夫卡从外衣口袋里掏出信,把它交给艾希。

"看到了吗?"卡夫卡指着信封上的地址,"'尊敬的洋娃娃邮差先生,请把这封信交给艾希。'"

小女孩把信拿在手里反复翻看。之后,她把信翻转过来又交给了卡夫卡,眼睛却一直盯着写着寄信人地址的地方。

"布里奇达,伦敦西区,伦敦。"卡夫卡告诉她。

信封上甚至还贴着一张盖了邮戳的邮票。卡夫卡在这些细节上尽量处理得很完美,邮票是他从曾经收到的信件上小心地揭下来,然后贴在布里奇达的信上面的。这是一张地道的英国邮票。

"布里奇达现在在伦敦?"

"是的,她现在在英国的首都。"

"那里离这儿很远吗?"

KAFKA Y LA MUÑECA VIAJERA

"是的,非常远,在英吉利海峡的另一边。"

"她在那里做什么?"

"我不知道。我还没有读这封信。"

"我可以打开它吗?"

"当然,这是写给你的信。"

艾希利落地把信拿过来,然后小心翼翼地撕开了信封,好像担心用力过猛会把里面的信弄破一样。她用拇指和食指把信从信封中抽出来,然后把写满字的信纸摊开,仔细地读了起来。

尽管小女孩试着自己读这封信,但她实在看不懂,只得又把信交给了卡夫卡。

"给您。"艾希对卡夫卡说,"请您帮我读吧。"

"好吧。"卡夫卡接过了信,然后咳嗽了两声,清了清嗓子,"开始吗?"

"嗯。"

"好的。嗯……她说:'亲爱的艾希,首先,请原谅我的不辞而别。我真的很抱歉,希望你不要生气。有时候我们总是会无意地做一些事,或者说,我们做的某些事情往往出乎意料。当事情发展得有违初衷的时候,我们只会感到难过。你一直在妈妈的关怀中长大,对吗?所以你也许不知道,离别总是让人感到悲伤。我不希望你为此哭泣,也不希望你来说服我让我继续留在你的身边。现

035 卡夫卡和旅行娃娃

在这样并不坏,如果我选择留下来或许会变得更糟糕。我应该去旅行,去看看外面的世界。我希望你能明白。我真的很喜欢你,艾希,喜欢到我不忍看你哭泣。'"读到这里,卡夫卡用余光看了看艾希。艾希正在专心听着,双眼一直盯着地面。于是,卡夫卡继续读道:"我知道你现在一定很平静,因为我现在很好,你一定会为我感到高兴的。"

卡夫卡稍微停顿了一会儿。

"读完了?"艾希的小脸上写着些许疑惑。

"哦,还没,对不起。"卡夫卡连忙道歉,"这封信很长,我马上继续。"

"请您继续。"艾希恳求道。

"艾希,现在你知道了,人生要求我们不停地向前走,去享受每一刻的时光,抓住每个机会,实现你的理想。等你再长大一点儿就会更好地理解这些。孩子和洋娃娃们之间建立起的这份情感就是我们生命的动力,但随着孩子们的长大,这份情感会慢慢变淡,最终消失。在你身边的这几年,是我作为一个洋娃娃最幸福的时光,因为有你浓浓的爱始终包围着我,我才觉得生命有了动力。我希望你开心,很开心很开心,因为无论何时我都属于你。你照顾我,也教会了我很多。你喜欢我,把我打扮成一个漂亮的洋娃娃。现在,虽然我准备好了去开始一段新生

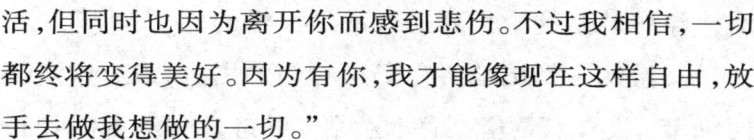

活,但同时也因为离开你而感到悲伤。不过我相信,一切都终将变得美好。因为有你,我才能像现在这样自由,放手去做我想做的一切。"

"她不会回来了。"艾希打断了卡夫卡。

卡夫卡特地挑选了这些能打动人心的字眼,甚至在朗读时也尽量让自己的语调听上去更富有情感。

"恐怕是这样,我能感觉到她现在过得很开心……"

"是的。"艾希同意卡夫卡的观点。

"看上去她和你在一起已经很久了。"

小女孩紧紧地盯着信。卡夫卡在一旁继续为她读着:"伦敦是一座非常漂亮的城市,我在这座城市里发现了好多奇妙的地方。我乘船游览了泰晤士河,还在特拉法加广场①散了会儿步。现在,我正在这座城市的心脏地带——皮卡迪利圆环②给你写这封信。今晚,我还要到伦敦的苏活区③去看戏剧表演……"

卡夫卡继续读着信。

伦敦,布里奇达在那里来来往往。

---

①特拉法加广场是英国伦敦一个著名的广场,位于伦敦市中心。

②皮卡迪利圆环是伦敦有名的圆形广场,兴建于1819年。

③此区历史可追溯到17世纪,是伦敦最能展现文化融合和多样艺术的地方。

国际大奖小说

洋娃娃是这个世界上行动最灵活的。

艾希从头到尾地听完了这封信的内容,没有错过任何细节。卡夫卡希望,听完这封布里奇达写给她的长长的信,她不会再那么悲伤,也不会再因为想起她的洋娃娃而哭泣。

KAFKA Y LA MUÑECA VIAJERA

H

读完这封信,卡夫卡陷入了短暂的沉思。他在想这花了数小时撰写的小故事会有什么样的作用呢?应该很快就会有结果了。

现在,一切都要看艾希的了。

小女孩还在低着头安静地盯着地面。

"你还好吗?"卡夫卡打破了这令人不安的沉默。

"我还好。"艾希侧着头含糊不清地说。

看得出,艾希的内心还在生气和难过之间纠结着。她觉得自己是这一切的受害者,处境不公,却又进退两难。

"拿着它。"卡夫卡把信递给了艾希。

艾希双手握着这封信。

"我感到很幸福。"艾希接过信之后断断续续地说。

"非常幸福。"

"也很开心。"

039 卡夫卡和旅行娃娃

国际大奖小说

"她为什么不一直留在那儿?"

"因为没有我……"

卡夫卡轻轻地咬着自己的嘴唇。对于孩子们的心理,他一无所知。他唯一凭直觉能想到的就是,那些特别小的孩子无论遇到任何事情总是先想到他们自己,这是他们天真的地方。当然,因为自身力量弱小,所以他们总是想得到别人全部的爱、关怀以及对他们的关注。有时这也会让他们觉得自己是宇宙的中心,周围的世界都要围着他们转。

"你听到了吗?最重要的是布里奇达是因为有你才感到如此幸福。"

"我不明白。"小女孩还不能理解这些。

"我当邮递员已经很久了……"一时之间,卡夫卡需要找到更合适的语句来对小女孩解释这一切,"你看,有很多娃娃她们从来没去旅行过。她们留在小主人的身边,但并不是出于对这些小女孩的爱,而是因为她们害怕。这种恐惧是个邪恶的坏东西,因为它限制了人对自由的追求。怀有这种恐惧的人不会活得快乐,他们活着就像是在做垂死的挣扎。布里奇达很幸运,她有你这么一位好老师。是你教会了她不要害怕,要勇敢地去面对人生。所以,我觉得你应该感到十分骄傲。"

"我也是这么想的。"艾希强烈地表示赞同。

卡夫卡和旅行娃娃 040

KAFKA Y LA MUÑECA VIAJERA

"可我感觉不像呢!"卡夫卡为布里奇达感到惋惜。

"那是因为我竭尽全力地让自己去相信她已经不在我身边了。"艾希低声地说,她开始对卡夫卡敞开了心扉,"但是,当昨晚我躺下的时候,她的一切又一下子涌入了我的脑海,因为我已经习惯抱着她入眠了。今天早晨,我们也不能像以前一样一起玩耍了。还有,不知道为什么,我觉得这是我的秘密,我甚至不想告诉妈妈。我也不知道这样做对不对,布里奇达是我出生时妈妈送给我的礼物。"

"妈妈总是很难完全相信我们。"

"您也有妈妈吗?"

"当然啦,还有三个妹妹呢。我还有两个弟弟,但是他们很小的时候就去世了。我是家里的老大。"

"您也有一个曾经去旅行的洋娃娃吗?"

卡夫卡陷入了沉思。

"我有过一个铅质的士兵。"

"后来他去打仗了?"

"没有,他也去旅行了。他去考察了很多地方,北极、南极、阿拉斯加……我收到的他的最后一封信来自中国的某个地方。"

"邮差先生……"

艾希的眼神中充满了期待,她似乎想到了什么。

041 卡夫卡和旅行娃娃

国际大奖小说

"怎么了,艾希?"

"我可以给布里奇达写信吗?"

这个问题让卡夫卡一瞬间忧心忡忡。

他从没想到过这一点。

事实上,卡夫卡总是拿小孩子没办法,面对大人他反而能得心应手地处理各种突发状况。

"我恐怕……不可以。"卡夫卡故作镇定地说。

"为什么不行?"

"因为如果她是一个旅行娃娃,那她一定不会一直停留在某个地方。"

"您怎么知道她是一个旅行娃娃呢?"

"因为她是去伦敦旅行又不是住在那里。"

"啊?"艾希眨了眨眼睛,"那她之后去哪里了?"

"我不知道。"卡夫卡回答说。

"但明天早上您就会带给我她的信了,不是吗?"

卡夫卡心跳加速,脑子一片空白,愣在了那里。第一封信已经是一次痛苦的创作了,一部充满了艰辛的创作,也带着美好的意愿:让这个难过的小女孩受伤的心灵得以平复。

现在,小女孩的请求实在是……

艾希还在盯着他看。她的眼睛是那样的透明、美丽,充满了真诚。小女孩已经相信了卡夫卡就是洋娃娃的邮

卡夫卡和旅行娃娃 047

KAFKA Y LA MUÑECA VIAJERA

差。而卡夫卡也明白孩子的期待远远多于成年人。

明天。

另一封信。

"是的,艾希。"卡夫卡慈祥地摸了摸艾希的头,"当然,明天上午会有另一封布里奇达的信。信中会告诉你她现在身在何处,她的新生活过得怎么样。"

1

卡夫卡又一次痛苦地回去了。

第一封信对他来说就像是一次冒险旅程的开始。它仿佛指向一条路,一条危险的小路,而他自己正沿着这条小路的边缘一点一点地步入危险之中。

而第二封信就像让他走过一座危险的桥。

艾希究竟需要收到多少封信才能满足呢?

布里奇达究竟需要写多少封信才能让自己自由呢?

如果卡夫卡不写这第二封信,那他绝不能再去斯泰格里茨公园了。否则他几天或几周之后碰巧遇见艾希该怎么办?他该装出一副对艾希无动于衷的样子,还是该继续这个痛苦的谎言?如果真有那么一天,他做不到若无其事地站在他的新朋友艾希面前。他做不到。

但如果他选择写第二封信,他就像掉入了一个漩涡之中,只能独自一人去承受这份苦果。

卡夫卡走到他家楼前,进了门厅。不巧的是,他正好

KAFKA Y LA MUÑECA VIAJERA

撞见赫尔曼夫人和她的小女儿下楼。卡夫卡微微低下头礼貌地和她打招呼并且想要脱帽致意。这时他才发现帽子已经不见了,可能早就在街上弄丢了,他的脸上不由得露出一丝尴尬。赫尔曼夫人回应了卡夫卡的问候,同那天一样用奇怪的眼神打量着他。她牵着女儿的手,小女孩长得简直就和斯泰格里茨公园里金发小天使的雕塑一模一样,她的手里没有抱洋娃娃。

他们的这次交流很短暂。

就在卡夫卡继续上楼的时候,他听到门口传来了小女孩清晰的声音。

"他是个怪人。对吧,妈妈?"

"嘘!"赫尔曼夫人训斥道,"小心被他听到!"

卡夫卡数着台阶上楼。他习惯这样,但这样做只会让他更加疲惫。他感到很痛苦,这并不是因为他身患结核病,而是因为那个新的挑战:布里奇达的第二封信。

他回想起几分钟前在公园和艾希的分别。他第一次看到艾希微笑,这就像是给他的礼物。

"谢谢您,邮差先生。"

"这没什么,艾希。"

"那明天见。"

卡夫卡确信第一封信取得了很大的成功。他是花了很大心思去写的,因此他为这封信感到骄傲。他写了很多份草稿,一次次修改信中的语气、措辞、语境,尽量用一些简单明了的话语……

"卡夫卡,你是认真的吗?"卡夫卡停下来休息了一下,不禁担心地自问。

"我是很认真的。"

"你还要继续这样下去吗?"

"我会继续下去。"

他是一个成年人,一位专业的作家,却在替一个洋娃娃给她的主人写信。

他从头至尾都身处一个不知怎样才能摆脱的困境之中,而且不能停下来,也不能退出,因为这个游戏已经开始了。如果他转天不在公园出现,情况将会变得更糟。

卡夫卡打开了家门,看到朵拉正坐在那里等着他。

"怎么样?"

"哦,很好。"

"她很高兴吗?"

"是的,非常高兴。"

"好吧,至少你让她开心了。"朵拉伸手搂住了卡夫卡的脖子,然后亲吻了他一下,"你真是个不可思议的疯子,但是我喜欢你这样。"

卡夫卡不知是否应该告诉她第二封信的事,但朵拉的热情感染了他,他决定向朵拉坦白。

KAFKA Y LA MUÑECA VIAJERA

"有一个麻烦。"

"怎么啦?"朵拉睁大了眼睛。

"我必须写第二封信。"

"为什么?"朵拉显得十分疑惑。

"因为布里奇达是一个旅行娃娃,她不能收到艾希的信,而艾希还在等着洋娃娃接下来的消息。"

"卡夫卡!"

"我知道。"卡夫卡那坚定的眼神传达着他要信守承诺的决心,"但我还能怎样?她很信任我。"

信任。

"你一点儿都不了解她,同样,她也不了解你啊!"

"无所谓了,她还是个孩子。我要说的是,这已经是我的责任了。"

"在我看来,你还是应该继续写你的书……"

"都这个时候了,你让我还怎么有心思去写别的东西呢?"

卡夫卡抱住了朵拉。他们紧紧抱在一起,但卡夫卡还是能明显地感觉到朵拉的无奈。他的健康状况,还有很多别的问题,这些阻碍不仅没让他们分开,反而让两个人更加相爱。当卡夫卡紧紧抱住朵拉的时候,朵拉就明白了,卡夫卡那样的眼神、那样的决心、那强烈的意志仿佛凌驾于他的灵魂之上一样。

047 卡夫卡和旅行娃娃

国际大奖小说

"你又要全身心地投入创作中去了吗?"朵拉轻声地叹气。

"是的。"

"那之后你要写布鲁尼达去了哪儿呢?"

"是布里奇达。"

"都一样。这次你要写布里奇达去了哪里呢?"

卡夫卡想了想。

然后他露出了笑容。

"巴黎怎么样?"卡夫卡提议道。

KAFKA Y LA MUÑECA VIAJERA

今天艾希早来了不到两分钟。但是没有关系,卡夫卡十分钟前就已经到了,他依旧坐在树荫下的长椅上耐心地等待着。周围的行人们依然在追赶着太阳的脚步,只是今天的太阳胆怯地在云层中穿梭着,像是在和人们玩儿捉迷藏,布满乌云的天空似乎是一种不祥的预兆。

前一天,卡夫卡满怀期待地来到这里。而今天,一切却与昨天如此迥异。

卡夫卡笑了。

艾希还是一路小跑地赶到公园,表情也一如既往地带着小孩子特有的天真。她注视着卡夫卡,炯炯有神的双眼中透着一股无比的坚定。那双眼睛看上去是那样的明亮和纯洁。

"您带来今天的信了吗?"

"是的。"

她的眼睛变得更亮了。

049 卡夫卡和旅行娃娃

国际大奖小说

"布里奇达现在在哪儿?"

"她在巴黎。"

"巴黎!"艾希欣喜若狂地重复着,声音清脆悦耳,像是在唱歌。

"你知道巴黎在哪儿吗?"

"当然啦,在法国嘛!我的爸爸妈妈去过那里!那儿有一座非常高的铁塔!"

说着,艾希坐到了卡夫卡的旁边,她已经迫不及待想要看信了。卡夫卡从外套的口袋里掏出了布里奇达的第二封信。邮票是法国的,是卡夫卡从一个法国寄来的信封上揭下来的。信上面用清楚利落的文字写着:"洋娃娃邮差先生,请把这封信交给艾希。"

卡夫卡把信翻过来交给了艾希。

"香榭丽舍大街,巴黎。"艾希读着寄信地址。

"你真幸运,有这么一个惦记着你、还给你写信的洋娃娃。"卡夫卡观察着艾希的反应。

"布里奇达是一个特别好的洋娃娃。"

"那当然了。"

艾希打开信封,从里面抽出了两页信纸。而这封信的神秘作者就在她身边暗自偷笑着。肯定的是,卡夫卡感到很舒服。他的文笔变得更加行云流水,语言连贯得就像一条长长的辫子,把感动与情感紧密地编织在一

KAFKA Y LA MUÑECA VIAJERA

起。

布里奇达已经深深印在他的脑海中了。

"我来读这封信?"

"当然啦。"

不必惊讶这些信能以如此惊人的速度从任何地方到达柏林。艾希没有丝毫的怀疑。这是儿童比起大人们来更可爱的地方:他们总是轻易地相信许多不可思议的事情。

气氛是那样的和睦。

"亲爱的艾希,"关于如何开始这封信,卡夫卡思考了许久,最后他确定这样的开场白是最恰当的,"你知道吗?巴黎的天空与你总是含着笑意的眼睛有着同样的颜色;云朵就如同你的脸颊,像水蜜桃般润泽。就因为这样,我现在才身在巴黎!你能相信吗?在旅程的第二站,我很开心能乘船游览了塞纳河,参观了罗浮宫博物馆,漫步在香榭丽舍大街上,还爬上了埃菲尔铁塔。"说到这儿,卡夫卡还特意解释了一下:"就是你知道的那座铁塔。"卡夫卡继续读信:"我希望我的这些冒险旅程不会让你无聊,因为接下来我要仔细讲给你听。你准备好了吗?"

"是的。"艾希回答了信中的提问。

卡夫卡继续读信。

 051 卡夫卡和旅行娃娃

国际大奖小说

现在他不再像前一天那样感到不安了,心中只有平静与感动。因为他为了安慰小女孩写下了这些话语,同时被这个故事中的每段情感深深地感动着,所以他现在才能充满感情地去读每一封信,让小女孩仿佛身临其境,同样受到感动。

艾希和卡夫卡现在便是这样。

卡夫卡就这样读着,读着。他不时地变换语调,让他的讲述变得神秘而吸引人,让每段新的奇遇听起来都那样精彩。布里奇达是独一无二的。她不仅渴望去了解文化,例如去参观罗浮宫博物馆,而且还向往着巴黎繁荣的夜生活。她出人意料地去了红磨坊①,欣赏那里精彩的舞蹈表演。从她充满激情的描绘中不难看出,她也加入了舞动的人群当中。她在那里的时光一定过得丰富多彩:登上埃菲尔铁塔、漫步在布洛涅森林、船游塞纳河、走过塞纳河上的那些桥,或是去疯狂购物。她还到了马克西姆餐厅享受晚宴,参观了大剧院,住在乔治五世酒店最好的房间里。那真是一段不同寻常的精彩旅程。

但是,在卡夫卡的故事中还是缺少了对巴黎时下流行话题的描述。

---

①红磨坊是巴黎著名的一所歌舞表演厅,以独具特色的艺术表演闻名于世。

KAFKA Y LA MUÑECA VIAJERA

而朵拉在这方面很在行。

根据卡夫卡的观点,在信的最后是另一段结束语:

"我希望帮我给你送信的邮差先生是一位非常和蔼友善的人,就像其他的洋娃娃邮差一样。"他注意到艾希一直在点头表示赞同,"我也希望我不在你身边的日子里,你依然能表现得很乖,好好儿吃饭,别乱发脾气……"

"感觉就像是我妈妈说的。"小女孩叹了一口气。

卡夫卡抿着嘴唇。

或许她的妈妈经常对她这样说。

"我很爱你,你的好朋友。"布里奇达最后向艾希道别。

小女孩感到幸福与骄傲,但她的脸上依然不时地流露出些许悲伤。对她而言,她想听到的或许不止这短短的两页信中的内容。

卡夫卡看着一个从他们面前经过的小女孩,她正推着一辆童车,车里面放着一个洋娃娃。一位看起来像是家庭教师的妇女在一旁守护着她。

"她真幸运,可以去旅行。"艾希低声地说。

"如果你有这样的梦想,总有一天也会实现的。"卡夫卡说。

"您去旅行过吗?"

"有限的几次。"卡夫卡想起了大约七年前自己被诊断出患病后到过的几家医院和疗养过的地方:玛提亚

053 卡夫卡和旅行娃娃

利、斯潘德尔摩、布拉纳、莫里茨……他还听说了几家非常好的疗养院,如维也纳森林、克洛斯特新堡,还有哈杰克诊所。"少数几次,是的。"卡夫卡重复了一遍。

"您是去那里送信吗?"

"哦,不,那些旅行是我当邮差之前的事了。"

"您那时是做什么的?"

卡夫卡想了许久。一位洋娃娃邮差是不应该在一家保险公司里上班的。至少,给一个名叫布里奇达的旅行娃娃送信的邮差不该是这样。

"我那时是一名列车员。"

"是吗?"艾希用惊讶的眼神看着卡夫卡。

"是的,我驾驶一列非同寻常的蒸汽机车。"卡夫卡骄傲地对她说,"每当列车进出站和提醒行人注意的时候都要鸣响汽笛。"

"那一定很激动人心吧?"

"嗯,感觉不错。"

"那您之后为什么放弃了这份工作?"

"因为烟太大了,我经常因为这个咳嗽。而且我已经做了很多年,对这个工作感到有些厌倦了。每天都沿着同样的铁轨走同一条路,而人生却是有很多条路的,艾希。"

"布里奇达坐了火车、轮船还有汽车去旅行,对吗?"

KAFKA Y LA MUÑECA VIAJERA

"这才是冒险精神。"

卡夫卡话音未落，一个与艾希年龄相仿、看上去只比她大几个月的小女孩兴冲冲地从右边跑了过来。她甚至都没有注意到卡夫卡。

"你去玩儿吗？"小女孩问艾希。

"好的。"于是，艾希把信放进上衣口袋里。

"我要走了。"艾希对着她的邮差朋友说。

"好的。"

"明天见。"

"明天见。"

布里奇达看起来要占据卡夫卡的全部世界。

K

当晚，卡夫卡躺在床上久久不能入睡，他在想究竟还需花费多少力气才能帮艾希圆这个梦。

错误不仅在于每天写这封信，更在于艾希那次亲吻了他。

想到这里，他把一只手贴在了脸颊上。

为什么孩子的亲吻对一个成年人来说会那样与众不同呢？

艾希在和她的小伙伴离开前，又像第一次那样亲切地吻了他的脸颊。这温柔甜蜜的一吻给了卡夫卡很大的触动。

这一吻让他血脉贲张。

然而谁又配得上这一吻呢？

卡夫卡躺在床上辗转反侧。

"睡不着吗？"身旁传来了朵拉的声音。

"哦，是的，对不起。"

KAFKA Y LA MUÑECA VIAJERA

"我去给你弄点儿什么吃的?"

"不用了,你别费心,我没什么的。"

"要来杯茶吗?"

"快睡吧,亲爱的。"

"你别这样一直折腾到天亮就行,亲爱的。"朵拉的声音充满了困意,她轻声叮嘱着。

卡夫卡就这样彻夜未眠。

他也没起来喝杯茶或是吃些安神的药。每每刚要睡着,他又会因心中的焦虑而清醒。"啊,孩子们都是说着玩的!"他在想,"他们如此单纯,总是对美好的事物感到惊奇。他们能简简单单地表达自己的情感!"而在这个多事之秋的现实世界里,人们变得自私、多疑、残暴。每个人都认为,简单地去表达自己的情感是一件十分危险的事。同样,孩子的坦诚也会随着年龄的增长渐渐地消失殆尽。就像他们那说不尽的天真话语穿过层层厚重的城墙,在一点一滴的消磨中,他们的思想也会慢慢地改变。

卡夫卡睁开了双眼,在黑夜中凝视着。

没有人能在黑暗中看到什么,但唯独他可以。

黑夜就像一个硕大的电影银幕。

几个月前,卡夫卡曾叮嘱过他的好朋友马克西·布洛德:如果有一天他死了,请布洛德毁掉他的所有作品和文稿,不要把任何一部拿去出版。现在,他却觉得布里

057 卡夫卡和旅行娃娃

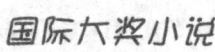
国际大奖小说

奇达给艾希的信似乎要违背这个嘱托。

多么愚蠢的行为!

但这很重要吗?

那些信不是他写的,而是布里奇达写的。

第三封信来自维也纳。或许布里奇达在这里感受不到巴黎那样的活力与激情,甚至不如在伦敦的时候。维也纳是一座严谨、务实、充满了贵族气息但却有些乏味的城市。卡夫卡又想到了什么吗?他可以先去睡一小会儿,或是等到第二天早上去斯泰格里茨公园赴约前再修改修改。但面对眼前的这张信纸,这个简单的想法却在他的脑海中翻腾纠结着。不用说,结果显而易见,卡夫卡又开始继续写信……从威尼斯开始,是的,很神奇,这是一座能让想象力自由飞翔的完美城市。布里奇达在圣马可广场①,在蒸汽船上,在威尼斯独有的贡多拉②小船上。这座城市是那样的迷人。她住在达涅利宾馆漂亮的房间里,还在许多地方都拍了漂亮的照片。下一站呢?莫斯科!卡夫卡毫不犹豫地想到了那里。接下来,布里奇达又去了西班牙、希腊、匈牙利……难道只有欧洲大陆吗?当

---

①圣马可广场也称威尼斯中心广场,是威尼斯政治、宗教和传统节日的公共活动中心。

②贡多拉是威尼斯一种独具特色的小尖舟。

卡夫卡和旅行娃娃 058

KAFKA Y LA MUÑECA VIAJERA

然不行。为什么要限制她呢?布里奇达横跨海洋,她继续去领略非洲大陆的神秘、亚洲大陆的异国风情以及美洲大陆从北到南的迷人风景。

卡夫卡为何如此激动地写作?难道他刚刚疯了吗?是的,他无法自控!如果有人背负着与卡夫卡同样的故事,那他也一定不想让自己的生命因为结核病而匆匆结束。卡夫卡像一个将要被送进疯人院的疯子一样疯狂地写着。

卡夫卡再一次回到了床上。

朵拉深深地叹了一口气。

"我去帮你沏杯花茶。"朵拉略显生气地说。

"哦,不必麻烦了。真对不起……"

朵拉像是在梦游一样,径直朝厨房走去。

第三个幻想:
旅行娃娃的漫漫旅途

KAFKA Y LA MUÑECA VIAJERA

两个星期。

十四封信。

布里奇达用令人眼花缭乱的速度走遍了整个世界。而她的旅途也越来越刺激，越来越精彩，越来越像是属于洋娃娃的奇妙冒险。不久之后，她或许都能成为一个魔幻现实主义作家了。而艾希听了卡夫卡讲述的这些奇幻旅程中各种非同寻常的事情，自己也像身临其境一样，被这些经历深深地打动，越来越为她亲爱的布里奇达所经历的一切感到骄傲。

布里奇达骑着骆驼穿越了广阔无垠的撒哈拉沙漠，走访了遥远的印度，登上了中国的长城，在死海里游泳，爬上了雄伟的喜马拉雅山顶……她环游了世界。布里奇达到过北京、东京、纽约、波哥大、墨西哥、哈瓦那、香港……她行动异常敏捷，眨眼之间就能从一片大陆跳到另一片大陆，不受任何因素的限制。在卡夫卡的笔下，整个

世界对洋娃娃来说就像是一块小手帕。就连儒勒·凡尔纳[1]在他最著名的小说《八十天环游地球》中的记录都无法与布里奇达的速度相媲美。

两个星期。

十四封信。

卡夫卡对每一个细节都记忆犹新。

为了更认真地去继续布里奇达的旅行,卡夫卡从集邮者手中收集那些用过的邮票,还拜访了很多古董商人。他为写好这些信做了很多事情,有些他做得很好,而有些事情因为他也从未经历而完成得很困难。朵拉对卡夫卡的行为爱恨交加。自从艾希走进了卡夫卡的世界,他每天就只顾着写那些信,就像从前创作时那样投入和坚定。让朵拉不满的是,卡夫卡每天只顾着全神贯注地投入写信当中,全然不顾她的感受。她觉得卡夫卡已经不爱她了,因为他把这些信当成头等大事,把全部精力都放在了这件事上。朵拉要认真考虑她与卡夫卡现在的生活了。

夜里,卡夫卡与朵拉躺在床上时,朵拉在他耳旁轻声说道:"亲爱的,只有你才会这样整日忙碌地做同样的

---

[1] 19世纪法国著名的科幻小说和冒险小说作家,被誉为"现代科学幻想小说之父"。

KAFKA Y LA MUÑECA VIAJERA

事情。"

挽救一个小女孩不同于拯救世界吗?

恋人间的第一次吵架总是互不相让却又让两个人都无比痛苦。这是他们第一次因为生活状况发生的不愉快。艾希从未忘记她失去了洋娃娃。而现在,布里奇达却让艾希感到那样骄傲、自豪。

这一切都是源于卡夫卡孜孜不倦的付出。

难道不是吗?

就好比今天早上……

卡夫卡又望了一眼钟楼上的时钟。没错,时间已经比艾希与他的约定晚了十分钟了。十分钟,通常意义上这已经是迟到的最大限度了。难道说艾希突然对这件事失去了兴趣吗?还是她生病了不能来?在这种情况下,布里奇达该怎么办?卡夫卡还要继续每天写信直到艾希恢复健康吗?

两个星期、十四封信和过去的这十分钟,已经足以让卡夫卡从之前的困惑中走出来去面对现实了。

他还要做洋娃娃的邮差到什么时候?

他还要记述布里奇达无比漫长的旅行到什么时候?

十一分钟过去了,十二分钟过去了……

卡夫卡低着头。他为艾希今天上午已经可以确定的失约感到难过和失望。在之前的二十四小时里,他丝毫

没有怀疑小孩子的耐性。他花了很多心思去构想布里奇达是如何在尼罗河上航行，然后勇敢地走进那一座座神秘的金字塔。对此他写了很多很多，甚至让他产生了想要去埃及旅行的强烈愿望。

十五分钟过去了。

他不得不确信，艾希不会来了。要是艾希患了伤风，那可怜的她此刻一定和卡夫卡一样在忍受着病痛的折磨，所以不能亲自来告诉他。但要是艾希真的对这些信感到厌倦了，失去了兴趣呢？如果真是这样，至少卡夫卡完成了他的使命，使艾希没有因为失去了心爱的洋娃娃而受到心灵的创伤。为此，卡夫卡在之前的两周里做了太多太多。

"我可以回去写一些有意义的东西了吧？"卡夫卡自言自语地说道。

难道布里奇达的信就毫无意义吗？

那些永远不会被出版的故事，那些作为马克西·布洛德的使命、要在卡夫卡死后被付之一炬然后被遗忘的故事，或许它们本该有更多的价值。

想到这里，卡夫卡有些悲伤。

他感到很失望。

二十分钟过去了。

他为什么还在继续等待？这里除了他一个人也没

KAFKA Y LA MUÑECA VIAJERA

有。"卡夫卡,一个成年人,你为什么还要继续等一个乳臭未干的小女孩?"

卡夫卡站起身。

就在此时,他看见了艾希,她依旧像往常一样,从公园的尽头跑来。今天她跑得比以往更急更快,就像是在追赶她短暂人生里最重要的东西。

她没有忘记。

艾希站在了卡夫卡的面前。

卡夫卡会心地笑了。

"哦,不好意思我来晚了,邮差先生!"小姑娘迫不及待地坐到了卡夫卡的身旁,"我妈妈身体不舒服,所以我得……但是您在这儿,我知道您一定还没走!"艾希的眼睛显得格外炯炯有神。"今天的信在哪儿?"

国际大奖小说

看着世界地图,一时之间卡夫卡觉得自己是那样的渺小。

卡夫卡在地图上仔细地查阅着那些国家、城市还有各种神奇的历史遗迹。想象是没有界限的,在洋娃娃的世界里没有国界,没有种族,更没有语言障碍这样的麻烦。在卡夫卡笔下,布里奇达被描绘得像女王一样自由自在,而这同样也是她的主人所渴望的。在艾希的想象中,布里奇达过得很幸福。

卡夫卡又在闷头写作。

朵拉从后面抱住他,亲吻着他凌乱的头发,在他耳边轻声说:"明天我和你一起去公园认识认识她好吗?"

"不,我不想这样。"

"你喜欢单独跟她在一起?"

"不是这样的。"

"你知道你已经多大年纪了吗?"

KAFKA Y LA MUÑECA VIAJERA

朵拉气得转过身去背对着卡夫卡。卡夫卡赶忙起身,他离开书桌坐到朵拉的面前。朵拉是那样的美丽。有时候,卡夫卡会拿朵拉与他之前的两位未婚妻菲丽丝·巴乌尔和朱莉·沃瑞塞克比较,也会与他之前因肺结核住进哈尔通根疗养院时短暂邂逅的那位十八岁少女相比较,抑或是和他最亲近信任的米莱娜·杰西卡比较,但这些比较都毫无意义。或许现在陪在他身边的朵拉并不是他最后的恋人,而那些人也只是他生命中的匆匆过客,不会在他的记忆里停留太久。

但朵拉,这位犹太女教师,却在卡夫卡的生命行将终结的时候,把自己的身体与灵魂都义无反顾地交给了他。

"人总是在很多次的伤心过后才能真正成长。"卡夫卡说。

"此刻已经有一颗心受伤了。"朵拉抬起一只手,轻抚着卡夫卡的头发。

"你不要忘了,我是她的邮差。"

朵拉很害怕去问他这些,但她又不得不这样做:"你要这样到什么时候?"

卡夫卡陷入了沉思。艾希迟到的那个早上,他在等待的时候想明白了很多事,他有足够的时间去思考。艾希绝不会厌倦这些信。布里奇达是她的洋娃娃,每封信

069 卡夫卡和旅行娃娃

都是一段神奇的经历,而这些信让艾希感到布里奇达依旧在她身边陪着她,她通过这些信与布里奇达一同分享着旅程中的快乐。但实际上,这段日子一直陪在艾希身边的并不是布里奇达,而是卡夫卡。

不能再这样无休止地继续下去了。

这个冬天是那样的漫长。

"你不能每天都这样过日子。"朵拉强颜欢笑地继续说道。

"我知道。"

"那然后呢?"

"你知道吗,我感觉我这样很好。这是一件非同寻常的事。"

"努力让别人活得幸福总是好的。"

"所以我想看到她开心。最初我让自己陷入这些麻烦当中,就是为了让她有天不会再因为失去自己心爱的洋娃娃而难过。不过后来事情变得越来越复杂了。"

"你只是把她当成了你的女儿。"

"不,我没有。"

"你做出了一个承诺,而现在,你要背负着这个承诺直到找到最后的答案。"

"还要多久这个小女孩才能长大?"卡夫卡笑了。

"我不知道。"朵拉随着卡夫卡一起笑了,"我记得自

KAFKA Y LA MUÑECA VIAJERA

己像她这么大时也需要一些时间去成长。"

"你知道早上她问了我什么问题吗?"

"不知道。"

"她问我别的洋娃娃写给她们主人的信都是怎样派送的。"

"那你怎么回答她的?"

"我跟她说我这段时间的工作非常少,只有她每天早晨的一封信和一个叫蕾娜塔的小姑娘每天下午的一封信。"卡夫卡深深地叹了口气,"但问题的重点不在这儿,她开始问一些我很难回答的问题。或许有一天她还会想知道,布里奇达从哪儿弄来那么多钱去旅行。"

"到那时你怎么回答她?"

"说布里奇达发现了金矿?"

"你为何不说她结婚了呢?"

卡夫卡看着朵拉沉默不语。

他们两人之前也曾谈论过结婚的事情。两个人未婚同居总会引起身边各种各样的流言蜚语。但朵拉的父亲绝不允许自己的女儿嫁给一个生病在家赋闲多年的作家。卡夫卡第一次被检查出患有咯血性肺结核病还是在1917年8月12号的晚上,距现在已经七个年头了。

"洋娃娃结婚?"卡夫卡问。

"反正布里奇达在你的故事中是无所不能的,随你怎

071 卡夫卡和旅行娃娃

么喜欢怎么写。"

就像海伦·凯勒说的，上帝在给你关上一扇门的同时，也会给你打开一扇窗。

卡夫卡终于想到办法去结束旅行娃娃的这段故事了。

他拥抱了朵拉，把她的头紧紧地贴在自己的胸口。他们就这样静静地相拥了许久，爱悄无声息地在这份安静中蔓延。

KAFKA Y LA MUÑECA VIAJERA

N

卡夫卡的声音依旧轻柔,轻柔得几乎都不会引起周围空气的震动。他的话语就好比一条蜿蜒的小溪,慵懒缓慢地流到斜靠在他身旁的艾希那里。任何人看到他们都会相信,卡夫卡在给艾希讲述一段美丽的故事。但那并不是一段故事,而是一封令人感动的信,一位非同寻常的洋娃娃从遥远的非洲中部写来的信。

因为布里奇达长途跋涉地去了坦桑尼亚远行狩猎。

"……是我自己的原因,我不忍心去杀死一头狮子或是大象。我不忍心去猎杀任何动物。去杀害一个生命到底是为了什么?这些野生动物是那样的美丽,艾希。它们因自由而显得无比美丽与高贵。大自然是多么慷慨地对待它的孩子们啊!每当我发觉世界是那样的美丽,我就更加觉得我们能一起生活在这个世界里是多么的幸运。我们要善待和保护大自然,把它安然无恙地传给我们的子孙后代,不要再像一时的过客那样让这大自然的宏伟

 073 卡夫卡和旅行娃娃

壮丽毁于一旦。"

　　卡夫卡停下来清了清嗓子,把头转向艾希。雨后的空气很湿润,浸湿了周围的一切,也浸透了卡夫卡的肺腑。于是他一手拿着信,另一只手则攥着一块手帕。

　　天空中乌云密布,似乎又要下起雨来。

　　但在坦桑尼亚,那里依然是艳阳高照。

　　"我不知道你是否注意过,艾希。算上这封,我已经给你寄去十七封信了。每当我回过头去看,发觉这就像是一场梦。你相信吗,艾希?我猜你正和你的朋友——那位邮差先生——一起坐在斯泰格里茨公园的长椅上放飞着你们的想象,陪伴我一起寻找我的梦想。人生就是建立在这些梦想之上的。如果没有梦想,我们将终日碌碌无为。永远不要忘记我是自由的,是你给了我自由,并与我分享这些幸福。如果有一天,当我不再写信给你……"

　　"为什么她会不再写信给我?"艾希紧张地问。

　　"我不清楚。请让我继续读完。"

　　"她现在很难过。"艾希苦笑着,脸上写满了严肃。

　　"我不这么认为。"

　　"她就是很难过!"小姑娘一再强调着。

　　"你从何得知呢?"

　　"她说了许多和以前不同的事情。"

　　这是一封很好的信。信上的字写得前所未有的工

整,信中继续勾勒着布里奇达最后的结局。

然而……这封信很好吗？或许吧。

信中埋着离别的伏笔。

而艾希已经察觉到了。

"一个人不会永远只想笑,或是歌唱。有时候她会停下来,原因很简单,她想要享受宁静。她没有告诉你她正在非洲大草原的中心环顾野性而又神秘的广阔大陆吗？这是多么让人羡慕的事情,你难道不这么觉得吗？我相信这是一封很美好的信。"

"是的,只是听起来有些奇怪。"

"我相信布里奇达正在长大。"卡夫卡巧妙地转回了话题,"你也一样,所以你感觉到这封信有所不同。"

"那当小女孩和洋娃娃都长大的时候,会发生什么呢？"

"她们会忘记她们曾经是小女孩和洋娃娃。"卡夫卡心中暗自想着。

但是他没有这样告诉艾希。

"成长的美好就在于每天都会发生新的事情。生命就像是赐予我们每个人的礼物。"卡夫卡摇晃着信纸,"布里奇达就是要告诉你这些。"

"我从来没有想过布里奇达有天会长大。"艾希认真地说。

国际大奖小说

"那你呢？"

"妈妈说我已经长大了。"艾希抬起下巴骄傲地说。

"所以呀，你也要仔细体会布里奇达想要告诉你的真正心意。"

艾希双手托着下巴，斜靠在卡夫卡身边，眼睛还一直盯着那张写满了关心话语的信纸。她请卡夫卡继续给她读信。

"或许有一天，我不会再给你写信，"卡夫卡继续读信，"但你我都明白，其实我们的心从未走远，我们都将活在彼此的记忆里。这就是永远，艾希。因为时间能冲淡一切，但爱却永远不会被冲淡。我知道我离开之后你哭了好久，但我喜欢你的欢笑、你的歌唱。你要相信未来没有什么解决不了的难题，生活中充满了等待你去揭开的奥秘。世界上还有很多地方没有被人类改变，非洲就是其中之一。我希望人类永远不要踏足这些地方。在这个星光闪耀的夜晚，我发自内心地想念你，也羡慕你能拥有的未来……"

卡夫卡用余光看到，艾希笑得是那样的开心。她的灵魂仿佛在呐喊着"太棒了"！

几滴雨水悄然落下，打湿了布里奇达从坦桑尼亚寄来的这封令人惊叹的信。不过没有关系，因为卡夫卡早在雨水落下之前就几乎把信全都读完了。

KAFKA Y LA MUÑECA VIAJERA

○

  这天早上,迟到的变成了卡夫卡。

  他迟到了将近十五分钟。

  之前的一天非常忙碌。恰巧又有一个小型的集会,卡夫卡只得陪着朵拉急匆匆地赶去……而到了晚上,卡夫卡又失眠了,这对他的健康没有任何好处。几分钟前,卡夫卡一如既往地满怀着激情写好了信。尽管这封信与以往相比是最简短的一封,但卡夫卡还是难掩发自内心的喜悦,或许这份喜悦对于他的辛苦来说也算是一种补偿吧。

  艾希站在那里等着他。她静静地看着卡夫卡走过来,直到卡夫卡坐下之后她才跟着坐下。卡夫卡用那些老套的话语表达了他的歉意。小姑娘从未问过卡夫卡任何其他的问题,比如他还给她带来了什么别的东西之类。对她来说,最重要的莫过于来自布里奇达的那些信。她看到邮差先生从上衣口袋里把信掏出来,这就已经足够了。这天上午,阳光明媚,天空中万里无云,甚至让人感到有点儿热。艾希穿着一件镶着白色花边的蓝色连衣裙,上面布满了细小可爱的图案。像往常一样,艾希激动地接过了信并查看了寄信人的地址。

"她还在坦桑尼亚?"艾希显得很奇怪。

"是的,这很新奇。"卡夫卡表示认同。

"她之前从未接连两天都待在同一个地方。"

艾希打开了信封,抽出了单独的一页信纸,然后像往常一样把信交给卡夫卡来读。卡夫卡一边读着信一边盯着艾希,看她有什么反应。

"亲爱的艾希,今天我感到非常开心,就好像去参加了一场庆典,而乐队的音乐还一直萦绕在我的脑海中。我真希望这封信是有声的,好让你能听见我的声音和心跳,好让你和我一起跳舞。这是我最想要告诉你的,此时此刻我不知道这份感触来自何处,但我的感觉却如此强烈。"

"昨天她还很悲伤。"小姑娘想起了昨天的信。

"为什么此刻我会这样?"卡夫卡继续读着,"因为我恋爱了!哦,这是真的,艾希!你一定觉得难以置信吧?我真的恋爱了!"与此同时,卡夫卡飞快地看了一眼艾希的反应,但他只是抬眼匆匆地一瞥,并没有停下读这段充满了喜悦的文字。"这一切来得是如此突然而又如此美

KAFKA Y LA MUÑECA VIAJERA

丽,让人深深地着迷,甚至我自己都不知道该如何向你说清这个改变!昨天我一个人静静地思考我的生活,一直以来,时间就这样从我身边安静地走过。而今天我明白了,过去的时光都已成为回忆,我不能一直停留在那里。最重要的改变还不是这些,而是我找到了自己的爱。在没有你的日子里,我的心一直都空荡荡的。你给了我生命中全部的爱,直到现在我才发觉。而现在我遇见了他,我才明白原来我从前回报给你的爱其实比你给我的要少得多。正因为这样,我才真真切切地感觉到,现在的一切对我来说是一个新的开始。"

卡夫卡停顿了片刻。

艾希露出了一丝像蒙娜丽莎一样神秘的微笑。

"有什么不懂和觉得奇怪的地方吗?"卡夫卡试探地问艾希。

"现在懂了,她也是一个女生,她也找到了自己的幸福。"她说。

"你为她高兴吗?"

"当然了!"她的眼睛闪烁着光芒,"是我教会了她要幸福!"

卡夫卡掩饰着心中的喜悦和对艾希的期待。他为艾希能这样想而高兴。他感到自己费尽心思写下的这些故事终于有了最大的意义。

079 卡夫卡和旅行娃娃

国际大奖小说

"布里奇达说他是谁了吗?"艾希问。

"哦,是的,现在我们继续这部分。"说完,卡夫卡便全神贯注地继续读信,"我继续留在坦桑尼亚,在恩戈罗恩戈罗火山口①,这里依然神奇般地生活着许多野生动物。古斯塔夫是来这里考察的,毫无疑问我从未见过像他那样有魅力的男人。他游遍了整个非洲以研究他的课题。他穿过非洲的每条河流,登上这里的每座高山,考察这里的原生土壤,他的足迹遍布非洲大陆的每个地方。当地的土著人都很喜欢他并且尊重他。你一定会问我是怎样认识他的,其实连我自己都觉得与他的相识非常富有戏剧性:那天我正与搬运工们走在一条小路上,恰好一头大象穿过了我们的行进路线,朝着它的墓地走去。我的搬运工们很害怕它,于是都惊慌失措地跑掉了,只留下我一个人在那里。我当时也很害怕,觉得自己就快要死掉了,可就在这时,他骑着马出现了。他不仅轻巧地把我拉到了马背上,还赶走了那头大象。他又高大又英俊,艾希。他的眼睛就像非洲的天空一样明亮,气质也同样高贵,如同夜空中耀眼的星星。我们聊了很久,直到我们都突然安静下来彼此凝视,然后……"

"然后怎样?"小姑娘坚持着问卡夫卡。

---

①位于坦桑尼亚北部东非大裂谷的死火山口。

卡夫卡和旅行娃娃 080

KAFKA Y LA MUÑECA VIAJERA

"她没说。"

"啊?没有说吗?"

"好吧,一个人说话说到一半突然停住不说了,是因为她觉得别人能体会到她的感受,因此不必用言语来交代清楚。"

"他们接吻了?"艾希的小脸写满了好奇。

"似乎是这样。"

"那一瞬间他们一定很幸福!"艾希激动地说着。

"你也很浪漫啊!"

艾希耸了耸肩。

在布里奇达的爱情出现之前,那封信讲述的都像是她胡言乱语的想象,但现在这就不难想象了。艾希已经品尝到了这件浪漫的事带给她的喜悦之情。

她的洋娃娃恋爱了。

谁还会说生活不是美好的呢?

国际大奖小说

艾希两分钟前就已经离开了。

卡夫卡依旧坐在公园里,品味那种难以言喻的感觉。一方面,他为那封信起到好的效果感到高兴;另一方面,他庆幸艾希能这么清楚地明白信中所表达的心意。他就像是一位语言和情感的炼金术士,一位研究人类本性的魔术师,他有能力让一封如此特殊的信看上去那样通俗、平常,这让他变得十分乐观。这一封接一封的信已经持续了将近三个星期,为的就是抚平这个小女孩受伤的心,让她的生活能够一直快乐幸福。令人庆幸的是,这一切就像非洲的河流那样缓慢地流淌着。直到现在,涌出了这个探险家古斯塔夫。

他出现得恰是时候。

卡夫卡站起身,思绪却陷入布里奇达接下来的那封信之中。正当这时,她突然出现了……

她是一位优雅美丽的女人,尽管看上去有些拘谨。

KAFKA Y LA MUÑECA VIAJERA

她的衣着端庄朴实,脸上显得很平静。她的头发盘到脖颈处,戴着一顶几乎毫无装饰的小帽子。她的手十分漂亮,露在有花边的袖口的外面。从衣着上看她大约三十多岁,散发着成熟优雅的魅力。

她长得很像艾希……

"先生……"

卡夫卡站住了。他感到很奇怪,显得有些不知所措。

"您不认识我。"那个女人说,"我是艾希的母亲。"

"当然。"卡夫卡微笑着点头示意,"很荣幸见到您。"

"您就是洋娃娃的邮差吗?"

"是的。"卡夫卡依然微笑着说。

"您不介意我们谈几分钟吧?"

"不,当然不介意。您请讲。"

女人抬起了右手,似乎是想让卡夫卡镇定下来。

"请您不要担心。我读过那些信了。"

卡夫卡显得有些害羞地低下了头。紧接着,他开始向艾希的妈妈解释一切。

"那天,艾希丢失了她的洋娃娃,她哭得非常伤心。当时我不知该如何去安慰她,只好跟她说她的洋娃娃布里奇达去旅行了,并且给她寄来了第一封信。随后,一切都变得复杂起来。"

"我了解我的女儿。"她肯定地说,"她很容易被说服。"

083 卡夫卡和旅行娃娃

国际大奖小说

"她非常容易相信。这是她的性格。"

"我叫贝莎。"她向卡夫卡伸出一只手来,与他握了手。

"我叫卡夫卡,弗兰茨·卡夫卡。"

他们坐在了长椅上。还没等坐稳,艾希的妈妈便对卡夫卡说:"即便在失去洋娃娃的那段日子里,这些事她对我们也是只字未提。但有一次,我听见她说洋娃娃去了那些她之前从没听说过的地方……但即便这样,我们也没有怀疑她怎么会想到那么神奇的事呢。我还以为只是我的女儿特别天真罢了。"

"那之后您是怎么知道的?"

"那天晚上她说布里奇达很伤心。艾希看上去一副忧心忡忡的样子。我问她为什么,她对我说了一些关于坦桑尼亚的事情,说在她的信里……我很吃惊。我请她给我看看那封信,尽管起初她不是很情愿,最后还是拿给我看了。看完信我十分地惊讶,之后才知道原来还有更多的信,还听了她对那些信的看法。她一点一点地告诉了我真相,当然,是她以为的真相——布里奇达去旅行了,还托付洋娃娃邮差给她送信。"

"您一定觉得这些信都是一个疯子写的?"

"没有。看到女儿的样子,任何一个称职的妈妈都会那样做,找到那些信并且认真地阅读。知道了这段神奇的经历之后,我别无选择,只好今天跟着她来到这里,等

卡夫卡和旅行娃娃 084

KAFKA Y LA MUÑECA VIAJERA

到她跟您道别之后再出现。"

"我的初衷是……"

"我知道。"艾希的母亲打断了卡夫卡,"您的这些信弥足珍贵,先生。"

"谢谢。"

"您是做什么的?您是谁?"

"我?我是洋娃娃的邮差。"卡夫卡断然地说。

比起他之前在保险公司任职,生病后又成为一名作家,洋娃娃邮差这样的职业或许是最古怪的一个。

"请您别开玩笑了。"

"我没有开玩笑。"卡夫卡显得很坦诚,"我想这是我多年以来最好也是最重要的一份工作。我从未如此充满感情地去写东西。"

"您是作家?"

卡夫卡想了一会儿然后回答:"是的。"

"但是这非同寻常的联络已经持续将近三个星期了。毫无疑问,这的确是一件……令人惊奇的事。"

"布里奇达是一个与众不同的洋娃娃。"

"您要如何结束这一切?"

"虽然现在我还不确定,但我已经有了一个计划。"

"您不能永远这样糊弄她,也不能让这件事持续太长时间。"

  085 卡夫卡和旅行娃娃

国际大奖小说

"我知道。"

艾希的母亲打量着卡夫卡,他的脸色苍白,身体也显得颓废。她一定从中看出了卡夫卡内心的悲惨,还有他隐藏的心事,她拥有每个女人都拥有的敏锐的洞察力。

"卡夫卡先生,您有孩子吗?"

"没有。"

"但这些信却如此吸引人,让人感到无比亲切。"

"这些不单单是信。"卡夫卡说,"在艾希看来,这些信就是布里奇达的幸福。您有一个非常好的女儿。"

"谢谢。"

"今天,我们的旅行娃娃恋爱了。"卡夫卡告诉她。

贝莎听到这个消息很开心,就像收到了一份礼物。

"这是个美满的结局?"

"是的。"卡夫卡说,"正如您所了解的,如果您回忆起童年就会发现,那些洋娃娃总是反复无常。"

第四个微笑：
礼　物

KAFKA Y LA MUÑECA VIAJERA

Q

卡夫卡看着他的这些手稿。

《中国长城建造时》,这部是他遇见艾希时正在创作的作品,但后来被搁浅了。还有《审判》、《城堡》、《美国》……他的作品大多没有出版,这更像是他的遗产,正如他那短暂的一生。

为什么他没有毁掉所有的作品?

为什么他一直在等待?

为什么他要把全部作品交到马克西·布洛德手里?他完全可以自己把书扔进火堆中,就像1899年,他对待自己的第一批作品那样,那年他只有十七岁。

卡夫卡拿起这些手稿,上面写满了他详细而清晰的字迹。他轻轻爱抚着纸上泛起的褶皱,那是他曾有过的感触,是他身体与灵魂的寄托,是一位作家内心最真挚的情感。然而,最让他感动的还是这几个星期当中布里奇达写给艾希的信。他从其他作品中看不到任何光芒,因为它们从未被人翻阅过,缺少别人对他人生轨迹以及内心世界的共鸣。

如果没有它,当马克西·布洛德把这些作品都丢进火堆的时候,它们只会变成灰烬,然后永远地被人遗忘。

如果没有它,死亡将是何等的痛苦、何等的冷酷?

卡夫卡转过头来看着朵拉,她正安详地躺在他的身边睡着。现在的时局并不好,"一战"的阴影一直笼罩着德国。战后这五年来,德国一直痛苦地生活在整个欧洲的责难当中,更可怕的是,似乎未来也没有太多希望。

让他庆幸的是,那些像艾希一样的孩子正在自由与幸福中健康茁壮地成长。

旅行娃娃的故事为他们讲述了一个等待他们去探索的世界,还有生命中必不可少的爱。

卡夫卡伸出右手抚摸着朵拉的侧脸。他想要亲吻她,但又不忍打扰她的美梦。在黑暗之中,朵拉的脸庞就像一副白色的面具。卡夫卡就这样看着朵拉的侧脸,她深色的双唇是那样的纤薄,眼眉和睫毛被她白皙的脸映衬得是那样分明,她的小鼻子在黑暗中几乎看不到。如果不是因为朵拉,他不会明白在那段十分艰苦的岁月里应该做什么。他倾听着朵拉的呼吸,感觉着她的胸口正有节奏地上下起伏,这对他来说是多么荣幸的事情啊!朵拉和艾希一样,都是他的宝贝。这位亲爱的犹太女教

KAFKA Y LA MUÑECA VIAJERA

师可以抛下生命中的一切，只是为了能和他在一起。

卡夫卡慢慢地把手从朵拉脸上移开。

他铭记着朵拉的样子，然后闭上了双眼。

朵拉就是他最好的药。

最后一封信已经写好了。之前两天的精心准备就是为了这个大结局，为了这个奇妙的时刻。明天早上，布里奇达就要和艾希说再见了。

故事的结局。

对这个小姑娘来说这样最好。

但是，对于他呢？

国际大奖小说

"这封信很长。"艾希说,"足足有三页呢。"

"好像是的。看起来布里奇达似乎有许多话想要对你说。"

"好吧。"小女孩叹了口气,"我很喜欢古斯塔夫。"

"我也一样。"邮差先生同意着艾希的说法。

艾希把三页信纸交给了卡夫卡。卡夫卡已经习惯了做一名洋娃娃心事的读者,他们俩是最佳拍档。像平时一样,卡夫卡打开信纸,认真读了起来。

卡夫卡察觉到艾希身上散发着一股清新的香气,他觉得那是春天的气息。他早已把信的内容牢牢地记在了脑子里,因为写完之后,他前前后后地修改了十二遍。在所有的信中,这是最难写的一封。他努力让自己的声音处在最好的状态。

"准备好了吗?"卡夫卡问。

"是的。"小女孩回答道。

卡夫卡和旅行娃娃 097

KAFKA Y LA MUÑECA VIAJERA

"亲爱的艾希，"卡夫卡开始读了，"现在到了最关键的时刻，也是最重要的一天，我希望你能明白，我现在要做的事情对我而言是最最重要的。我最大的愿望就是能和你一起分享所有的喜悦，最不希望看见你受到任何伤害。但是我知道，最近三周以来，我们之间有着从未有过的默契。是这样的，对吗？"

卡夫卡等着他的小朋友回答这个问题。

艾希点头表示同意。

"你我的幸福彼此都能感同身受，所以我很希望当你得知我结婚的时候，能和我一起欢笑歌唱。"

卡夫卡停顿了一下，但是艾希依然一动不动地坐在那里。

"古斯塔夫和我已经是夫妻了。我们的结婚典礼是在大草原上举办的，办得十分豪华。所有部落的成员都是我们的见证人，还有无数的大象、长颈鹿、角马、羚羊、斑马，以及许多其他的动物，它们就像是我婚礼的一个方阵。在你之后，古斯塔夫是我认识的人中最与众不同的一个。我很清楚在和你度过了前半生之后，我的后半生非他莫属。有一天你也会把心交给一个男孩子，并且渴望与他分享你们的未来。很快，古斯塔夫和我就会要一个儿子或是女儿，他（她）一定是一个非常可爱的孩子，就像你一样。我知道要是以你的名字艾希来给我的第一

 093 卡夫卡和旅行娃娃

个女儿命名,你一定会非常开心。如果没有你的爱,我不会拥有现在的一切。若不是你给了我自由,我也不会像现在这样幸福快乐。我会永远把你放在我的心里。"

读完这段长长的文字,卡夫卡停顿了一下,他听到了小姑娘的叹息。他不清楚艾希会不会哭泣,会不会悲伤。前几天,他的脑海中反复预演着今天的场景,他以为自己已经做好了准备,但是现在看来……

卡夫卡鼓起了最后的勇气。

"你感觉怎么样?"卡夫卡想要知道答案。

"我非常开心。"

卡夫卡闭上了双眼。这一刻他如释重负。

"真的吗?"

"是的,我现在从心底里感到喜悦。"她说。

"你不介意……"

"不。"艾希用甜美的声音坚定地说道,"这是所有信中最美好的一封,不是吗?"

"是很美好,是的。"

"您想必对这些信也非常了解,您觉得哪封信是最为珍贵的一封?"

"就是刚刚的这封。"卡夫卡完全同意。

"从前布里奇达是孤单一人,但现在她不是了。我知道古斯塔夫会让她非常幸福。从布里奇达谈到他的时候

KAFKA Y LA MUÑECA VIAJERA

起,我就深深地感觉到,她想要永远陪在他身边……"

艾希说得就像一个小大人儿,话语是那样的清晰,言谈是那样的优雅,就好像她不是和卡夫卡坐在公园里,而是和几个朋友坐在波茨坦广场①中心的一间咖啡厅里喝着咖啡。她的妈妈贝莎也不必怀疑卡夫卡能否出色地完成这项任务了。

卡夫卡真心地希望那些经济膨胀、社会动荡的日子能尽快结束,这片生活疾苦的欧洲大陆不会再有战争。他真心希望未来属于艾希,以及更多像艾希这样充满了希望、正在成长的孩子们。

"您怎么啦?"小女孩问。

"没什么,对不起。"

"为什么您一直在揉眼睛?"

"我眼睛里飞进了一粒沙子,弄得我很痒。"

"您感到疼吗?"

"有一点儿,因为它在里面很难弄出来,我的眼睛有一些刺痛。"

"是的,您的眼睛红了,看上去也有些湿润。"

"已经好多了。"

"您能继续把信读完吗?"

---

①柏林市中心最大的广场。

卡夫卡和旅行娃娃

国际大奖小说

"我已经准备好了。"

"那请您继续吧。"艾希又重新坐到了卡夫卡身边,迫不及待地催促着他继续读信。

卡夫卡眨了眨眼睛,以便能重新看清楚。他寻找着刚刚读到的地方。

KAFKA Y LA MUÑECA VIAJERA

5

卡夫卡感到很空虚。

他的脑海中一片空白,没有任何思绪,任凭感觉像橡胶球一样在头脑中弹来弹去。同样空虚的还有他的灵魂,就像一粒葡萄干,再也变不成一粒葡萄,也榨不出来一滴葡萄酒。他的胃口也是空空的,没有一点儿食欲,瘦弱的身体好像要飘起来一样。

他缺少了什么?

原因不在他自己,而在于旅行娃娃的那段故事。

为什么他内心的声音一直在对自己呼喊着要停下来想一想?为什么他的本能一直在动摇着理智,像是不断提醒着自己要时刻紧绷着神经一样?为什么他感觉有东西在牵动着他的灵魂?

"所以你们就此道别了?"

"是的。"

"她呢?"

"她拥抱了我,亲吻了我的脸颊,还告诉我她永远不会忘了我,祝福我好运。"

"艾希对你这样做?"

"是的。"

"我真应该去认识认识她。"

"你可以去公园。"

"你给了她一段不同寻常的经历,亲爱的。"

"不是的,我只是把她从痛苦中解救出来。艾希失去洋娃娃的时候实在是太伤心了。"

他想告诉朵拉给艾希读完最后一封信的时候他自己也哭了,但他最终还是没能说出口。

他觉得自己很笨,也很可笑。

尽管这空虚一直在提醒着他,自己还没有从那段故事的结局中走出来,但他觉得这样也好。

"那你以后还会去那个公园吗?"朵拉暗示地问卡夫卡还会不会去见艾希。

"我不单是她的邮差,还是她的朋友。"

"已经不是了,你要明白。现在已经不同了。"

"为什么?"

"如果她看见你,再与你聊天,那么她一定会想起布里奇达。如果是我,我不会叫她去忘记布里奇达,但是她需要学会把布里奇达放到自己的回忆里,只是安静地留

KAFKA Y LA MUÑECA VIAJERA

在回忆里,这样她才可以开始新的生活。"

"你真是太了解儿童的心思了!"

"我非常了解。"朵拉接受了卡夫卡的夸赞,"教学需要敏锐的洞察力,或许这也是一名作家所需要的。"

"你看起来对这些很感兴趣,不是吗?"

"这很吸引人。"朵拉很确定地回答,"我从未见你工作时像写这些信那样疯狂又充满热情。"

卡夫卡坐在椅子上沉默了一会儿。朵拉靠过来亲吻了他的额头,然后起身离开了客厅,让他独自一人静一静。

他调动起自己所有的感觉。

但依然是那样空虚。

"让我想一想。"卡夫卡对自己低声说。

这段故事已经结束了,这是一个完美的结局。

但是,对于布里奇达的婚礼还能再描述些什么呢?

艾希的话像一只蝴蝶一直在卡夫卡的脑海中盘旋:"从前布里奇达都是孤单一人,但现在她不是了。""我非常开心。""我很喜欢古斯塔夫。"

为什么他小时候就没有遇见一位洋娃娃邮差呢?

为什么他总是与他的父亲面对面?

为什么在现实生活中就没有旅行娃娃呢?

因为只有在童年时,我们才会相信洋娃娃的故事。

099 卡夫卡和旅行娃娃

同样,在童年,我们才能拥有最后的幸福。但最重要的是,当我们成年之后,又有谁能够做一名替洋娃娃送信的邮差?或许只有疯子才能写下那些洋娃娃的信吧?

一个疯子。

最后的幸福。

"你在继续创作那些之前被搁浅的手稿吗?"卡夫卡听见朵拉的声音从屋子里的某个地方传来。

"诗人们把城堡升到了天空中,住在里面的却是些疯子,而现实中的人还在收取着他们的租金。"

卡夫卡有时候会想起这些连他自己都不知从何而来的句子。

"卡夫卡,你听到我说话了吗?"

"是的,朵拉。"

"是你听见我说话了还是你继续创作你的书了?"

"两者都是。"

一个疯子。

最后的幸福。

对于一个旅行娃娃和一位因为连续三周收到神奇的信才恢复平静的小女孩来说,什么才是她们最后的幸福呢?

"对于一个旅行娃娃和一位因为连续三周收到神奇的信才恢复平静的小女孩来说,什么才是她们最后的幸

KAFKA Y LA MUÑECA VIAJERA

福呢?"卡夫卡大声地自言自语。

朵拉站在客厅的门口。

"我相信你已经知道答案了。"朵拉抱着胳膊看到卡夫卡正笑得合不拢嘴。

国际大奖小说

7

　　卡夫卡稍稍来迟了一些,一方面因为他先去了一趟商店随后才来到公园,另一方面是因为这封信。虽然这是一封非常非常简短的信,创作起来却非常艰难,但卡夫卡还是找到了最后的灵感,一气呵成把信写完了。

　　他的胳膊下面夹着一个包裹,径直走在路上。眼睛专注地寻找着自己要等的人,甚至顾不上看看四周。那条他与艾希每天都坐的长椅像往常一样空无一人。那里晒不到太阳,所以很少有人愿意坐在那里。

　　这是一把好长椅。

　　最好的一把。

　　卡夫卡想起三周前那个早上他来这里散步的时候,艾希的泪水彻底打破了他内心的平静,随后还带给了他生命中最不可思议的一段故事。这些回忆中的感触与感动一直在他的心中回荡着。

　　年轻的恋人们陶醉在幸福的时光中;老人们沉浸在

KAFKA Y LA MUÑECA VIAJERA

过去的回忆里,他们布满皱纹的双手见证了曾经的沧桑;士兵们身着气派的军装;用人们身穿整齐的制服;家庭教师们与衣着整洁的孩子们在一起学习、玩耍;小夫妻们则盼望着他们即将出生的孩子,像是期盼着一个美好的梦想;而单身汉们却无视这一切,眼神中略显漠然;当然,公园里还充斥着忙碌的警卫、园丁以及小贩们的身影……

这像是生命赐予他的一份礼物。

而他,环视着周围的一切,聆听着树林里的欢声笑语。他如同一块海绵,吸收着周围的欢乐带给他的灵魂的能量。卡夫卡是独自一人。他的脚步在如此热闹甜蜜的清晨略显低迷,他的内心在平静与人群的喧闹之间徘徊。

一切都与三个星期前一模一样。

一模一样,却又是那么的不同。

因为那些信。

艾希又像从前一样和她的两个小伙伴在儿童游乐区里玩耍。她并没有注意到卡夫卡来了,直到她的一个小伙伴很奇怪地盯着卡夫卡,因为他一直安安静静地站在那里看着她们,艾希才转过了头。

看到卡夫卡,她的眼睛里立刻散发出了光芒。

"邮差先生!"

103 卡夫卡和旅行娃娃

艾希立刻停止了玩耍,径直朝他跑了过来。卡夫卡也随即迎了上去,准备迎接艾希的拥抱,也为了让她不要跑得太远。他用一只手拥抱了艾希,因为另一只手里还拿着一个用彩纸包装的小包裹。

"你好,艾希。"

"您好!您是来给别人送信的吗?"

"是的,给你。"

"给我?"

"一封信,还有这个包裹。"他拿给艾希看。

"这里面有什么?"艾希显得有一点儿惊讶。

"我不知道。这是今天早上才送到的。"

"是谁寄给我的?"

"是布里奇达。"

艾希显得很兴奋,她笑得更开心了。卡夫卡之前还担心这个包裹对艾希来说是不是太大了。艾希就在身边的草坪上坐了下来,卡夫卡也随之蹲了下来。

"我原以为她不会再给我写信了。"艾希摇晃着那个包裹。

"现在你看到了。"

"我该怎么做?"

"打开它。"

艾希撕开了包裹上的包装纸,然后把包装纸交给了

KAFKA Y LA MUÑECA VIAJERA

卡夫卡。在令人不安的期待中,她把包裹里面的东西慢慢地取了出来。在那色彩鲜艳的包装纸下面,一个纸盒一点一点地浮现了出来。盒子的上面印着……

"邮差先生!"艾希结结巴巴地说。

盒子里面是他之前在商店里找到的最漂亮的一个洋娃娃。

这是一个瓷制的娃娃,金黄的头发,动人的双唇,一双灵动的眼睛,身上还穿着一件精美的红色衣服。

"太不可思议了!"卡夫卡装作很惊讶的样子。

"这……很贵重吧?"艾希激动得几乎说不出话来。

"是的,的确很珍贵。"

场景仿佛在一瞬间被定格了。小姑娘看着那个漂亮的娃娃,而卡夫卡则注视着她。那一刻,时间仿佛也停止了。

之后,卡夫卡把信交给了她。

布里奇达的最后一封信。

这一次,真的是最后一封了。

"我先帮你拿着娃娃。"卡夫卡做出要接过娃娃的手势。

"不用。"艾希紧紧抱着娃娃回绝了他,"请您帮我把信封打开。"

卡夫卡照做了。他撕开了信封上的折边,小心翼翼

105 卡夫卡和旅行娃娃

地取出了那张几乎只写了几行字的信纸。一束神秘的光晕照在信纸上,像是在配合着最后的结局。

这看似疯狂的大结局。

"艾希,我好喜欢你。"卡夫卡读着,"谢谢你给了我生命与自由,让我明白了什么是幸福。信的最后署名'布里奇达'。"

"这个娃娃是她送给我的?"

"看起来是的。"

艾希的脸庞就像一首诗、一首歌曲。所有童年的美好都在她的表情中跃然呈现,所有属于她这个年纪的天真都在她的欢声笑语中表露无遗。艾希紧紧地抱着她的娃娃,给了她深深的一吻,她确信这个娃娃只属于她一个人。

"还有些别的东西。"卡夫卡说。

"是什么?"

"一条附言,上面写着:她叫朵拉。"

"朵拉!"

很快,一切都将结束了。很快,艾希就会像往常一样离开,但今后,她的生命中多了一个朵拉。很快,这里将只剩下卡夫卡一个人。

很快……

有时候,时间是那样的慷慨。

KAFKA Y LA MUÑECA VIAJERA

U,V,W,X,Y,Z

之后的很多天、好几个星期,卡夫卡都会在斯泰格里茨公园里远远地看着艾希。她总是带着洋娃娃朵拉一起玩耍,不让她的娃娃离开自己的视线,开心得就像收到布里奇达的信时一样。

有时候艾希会看到他,有时候她会远远地挥着手冲卡夫卡打招呼,有时候两个人看起来就像分享着一个惊天秘密,有时候卡夫卡就像满怀希望在寻找着他的梦想。

还有朵拉,那个属于卡夫卡自己的朵拉,会陪着他一起看天上的星星。

之后过了秋天,过了冬天。

他也不再去见艾希了。

他的最后一个冬天。

卡夫卡在圣诞树下对朵拉说:"布里奇达现在在北极。"

"你怎么知道?"她问。

107 卡夫卡和旅行娃娃

国际大奖小说

"因为她给我写了一封信,祝我们1924年幸福快乐。"卡夫卡回答说,"她在信中说这一年的雪都会是绿色的,而云朵看起来会很红很红。"

KAFKA Y LA MUÑECA VIAJERA

后　记

　　这个故事发生后的1924年6月3号,弗兰茨·卡夫卡在维也纳近郊的基尔林疗养院逝世,享年四十一岁。至于那个丢失了洋娃娃的小女孩,没有人知道她的真实姓名,而在那三个星期里卡夫卡给小女孩写的信再没有被任何人读过,也没有被任何人找到。朵拉·黛梦,这位陪伴着他度过余生的女人向人们解释了卡夫卡所做的一切:"那天,他紧张不安地回到家里,坐到书桌前,只是为了写一封信或一张明信片。"卡夫卡带着全部的认真与专注写下了第一封信,之后,也像对待他的小说那样用心地写每一封信。他自己都不清楚为什么这个哭泣的小女孩会给他这么大的触动,也不知道为什么还要在随后的三个星期里写下这个非凡的故事。但就像塞萨尔·埃拉[1]说的:"卡夫卡是当代社会里最伟大的发现者。"理查

---

[1] 阿根廷著名作家、翻译家。

国际大奖小说

德·施塔赫[1]同样肯定地说:"作为一个作家,不仅要学会观察,还要善于发现他所观察的事物中蕴藏的意义。值得称颂的是,卡夫卡就是这样用最深厚的文字让他所看到的一切都跃然纸上。"

之后的许多年里,一位卡夫卡文学的爱好者克劳斯·瓦根巴赫一直在试着去寻找那个小女孩。他围着公园附近的居民区挨家挨户地敲门,询问周围的邻居,甚至在报刊上刊登寻人启事。很遗憾,他所做的一切都没有结果。但是他没有放弃希望,多年来他一直经常去那个公园,直到有一天,他终于找到了那个小女孩。他问她是否还保存着那些信件,而这些信最终成为20世纪最伟大的作家之一——卡夫卡最具代表性的作品。

卡夫卡这部珍贵的作品只是为了一个人、一个小女孩而创作。

而这或许也是他最美好最出众的一部文学作品。

在这三个星期的书信中,洋娃娃日复一日地把爱传递到小女孩身边,给她讲述自己在远方的旅行与冒险。最后,伴随着洋娃娃的恋爱、订婚、结婚这一系列事件,整个故事有了一个完美的结局。那一刻,小女孩与洋娃娃之间又和好如初了。

---

[1]著名作家。

KAFKA Y LA MUÑECA VIAJERA

　　没有人知道卡夫卡与小女孩在之后的几个月里有没有再见面。在他的生命完结之时,他的好朋友马克西·布洛德并没有依照卡夫卡生前的意愿去毁掉他所有的作品。正因为这样,卡夫卡的书在接下来的几年里相继出版了(《审判》,1925年;《城堡》,1926年;《美国》,1927年),这让卡夫卡一举成为20世纪最具影响力的作家之一。

　　就我而言,我被允许改写这个故事,虚构了这些信件,给了它一个想象的结局。不管事实究竟怎样,我觉得都已经无所谓了。这段故事本身是那样的美丽,至于其他的,都不再重要了。最毋庸置疑的是,那些信是如此的精彩纷呈,给我的心灵带来了许多欢乐。

国际大奖小说

作者感言

  首先,感谢塞萨尔·埃拉,他那出版在2004年5月8日的《国家报》封底上名为《旅行娃娃》的文章,给了我写这段故事的灵感。

  其次,感谢那个匿名的小女孩和《变形记》的作者弗兰茨·卡夫卡的杰出贡献;感谢朵拉·黛梦讲述了这段故事;感谢克劳斯·瓦根巴赫不断地寻找那位小女孩,直到她的出现。

霍尔迪·塞拉·依·法布拉
瓦利拉纳,2004年8月纪念卡夫卡逝世80周年

作者简介
卡夫卡和旅行娃娃

霍尔迪·塞拉·依·法布拉
Jordi Sierra i Fabra

霍尔迪·塞拉·依·法布拉1947年7月26日出生于西班牙巴塞罗那,1959年创作出第一部长篇小说。其作品风格独特,多部作品被翻译成十几种语言,是西班牙最受欢迎的青少年文学作家之一。曾于2005年和2009年两次代表西班牙获得国际安徒生文学奖的提名,还于2007年获得西班牙文化部颁发的国家青少年儿童文学奖,并多次获得西班牙"领路人"儿童文学奖、天主教儿童文学奖,几乎囊括了西班牙所有的青少年文学奖项。

创作花絮
卡夫卡和旅行娃娃

这本书的主人公卡夫卡并不是虚构的,他是一位痛苦而又真实的伟大作家。这个故事源于卡夫卡的真实经历,他在去世前的一年里用三个星期的时间代替旅行的洋娃娃给一个普通的小女孩写了很多封信。而我下定决心对这个故事进行改编,正是由于我和中国的一段"缘分"。

我曾于1992年10月到访中国,那时正值巴塞罗那奥运会后不久,所有人都向我了解那里的情况。最令我吃惊的是,我去的那个城市居然有那么多人。我热爱中国的美食,至今我依然喜欢,因为在巴塞罗那有很多中国餐馆,华人也在这个城市里占据相当大的比重。除此之外,我同样沉醉于那个国家的文化:我在长城前落泪,在紫禁城前为之惊讶,在西安参观了出土的兵马俑,在成都看到了熊猫,在桂林船游了漓江,这些都像是大自然馈赠的一份礼物。对我而言,这是一种千年流传下来的神秘文化。我的内心激情澎湃,并带着一种难以忘怀的感觉回到了西班牙。现在,我把这种感觉投入这段珍贵

KAFKA Y LA MUÑECA VIAJERA

的故事当中，期望能用这本书回报中国的读者，并以此纪念我在中国度过的那段美好时光。

很快，我即将有更多的作品在中国出版，这令我感到万分骄傲。

衷心地感谢这个美丽的国度。

霍尔迪·塞拉·依·法布拉

国际大奖小说

谁是卡夫卡?

弗兰茨·卡夫卡
Franz Kafka

弗兰茨·卡夫卡,奥地利小说家,1883年7月3日出生于捷克首都布拉格的一个犹太商人家庭,有三个妹妹和两个早夭的弟弟。卡夫卡自幼爱好文学、戏剧,18岁进入布拉格大学,毕业后在保险公司任职。他曾多次与人订婚,却终生未娶,41岁时死于肺结核。

1904年,卡夫卡开始发表作品,以一部短篇小说《判决》建立起自己独特的写作风格。卡夫卡生前出版的作品不多,死后其好友马克西·布洛德违背他的遗言,替他整理遗稿,出版了三部他生前未能完成的长篇小说,以及书信、日记,并替他立传。

卡夫卡与法国作家马赛尔·普鲁斯特、爱尔兰作家詹姆斯·乔伊斯并称西方现代主义文学的先驱和大师。卡夫卡生前默默无闻,孤独奋斗,随着时间的流逝,他的

卡夫卡和旅行娃娃 116

KAFKA Y LA MUÑECA VIAJERA

价值才逐渐为人们所认识，作品引起了巨大反响，并在世界范围内形成一股"卡夫卡"热，经久不衰。日本著名作家村上春树非常爱读卡夫卡，他的一本小说就以《海边的卡夫卡》为名。

卡夫卡的小说揭示了一种荒诞的充满非理性色彩的景象，充满了个人式的、忧郁的、孤独的情绪，运用的是象征式的手法。其代表作品有：《变形记》、《审判》、《城堡》等。

如奇迹般相遇，真好

左 昡/儿童文学博士

如果这个世界真的有上帝，那上帝一定是个孩子。

要不然，为什么我们总是毫无缘由地被孩子打动？

即使是写出《变形记》的著名作家弗兰茨·卡夫卡，也无法言说其中的奥妙。他只知道，他必须为一个独自哭泣的小女孩停下脚步，他不能将一个伤心的小女孩独自留在公园里——哪怕这一天风和日丽，哪怕这个公园看起来甜蜜温馨、生机勃勃，哪怕他根本不认识这个小女孩——无论如何，在公园里，在阳光下，一个小女孩正伤心地独自哭泣。这就是事实，实实在在触动

KAFKA Y LA MUÑECA VIAJERA

着卡夫卡内心的事实。

在卡夫卡的世界里,这一天原本平静如常。可是,从他遇见小女孩艾希的那一刻起,一切都改变了。

艾希最爱的洋娃娃丢了。一个叫布里奇达的洋娃娃。

这就是故事的起点,安静、庸常、平淡无奇。可要是你一口气读完它,你一定会毫不夸张地说,这的确是一个温暖人心、美好无比的故事。你会爱上小女孩艾希,会被卡夫卡深深感动,更会由衷地为1923年夏天里这奇迹般的三个星期喝彩。

艾希和卡夫卡能这样相遇,真的太好了。

我们应该感谢那个丢失的洋娃娃布里奇达。虽然不知道真正的她到底去了哪里,是不是也会像爱德华想念阿比林①一样一遍又一遍地想念艾希,是不是真的过得幸福。但正是因为布里奇达,艾希和卡夫卡相遇了。

于是,艾希拥有了一个专属于她的"洋娃娃邮差",收到了洋娃娃布里奇达从"世界各地"给她写来的络绎

---

① 出自《爱德华的奇妙之旅》(国际大奖小说)。爱德华是小女孩阿比林喜爱的玩具瓷兔子,意外的丢失使爱德华踏上了奇妙而又艰辛的旅程。一路上他对阿比林的想念与日俱增,并最终懂得了什么是被爱以及如何去爱别人。

119 卡夫卡和旅行娃娃

不绝、充满爱意的信,留下了一段被奇迹擦亮的童年记忆,并且得到了另一个可以陪伴她长大的漂亮洋娃娃朵拉。

很难说清,卡夫卡是怎样决定将自己摇摇欲坠的孱弱生命以如此大的热情投入为小女孩艾希编织奇迹的过程里的。也许仅仅是因为在他与艾希相遇的那一刻,哭泣的艾希让他觉得"一个小女孩和她的洋娃娃之间的友谊,仿佛是全世界最深厚的感情",所以,他"像是被一股强大的力量震撼着、驱使着",义不容辞地杜撰出独一无二的"洋娃娃邮差",开始了冒充旅行娃娃布里奇达给艾希写信、送信的过程,在三个星期的时间里,将快乐、希望和幸福重新送回到一个小女孩的生命中。

也许,卡夫卡和所有人一样,虽然在现实的挤压下跌跌撞撞地被时间裹挟着向前,却总在内心深处的某个角落悄悄仰望着神秘莫测的天空,悄悄憧憬着奇迹发生,等待着与奇迹相遇。

对于被肺病困扰多年的卡夫卡来说,与艾希的交往亦是一个真正的奇迹。在给予艾希抚慰和希望的同时,卡夫卡的生命也被艾希点亮了。

这个孤独、敏感、身体孱弱的作家,感到自己这一次的写作对他那唯一的小读者是如此重要——如果得不到那封信,悲伤一定会一直伴随着艾希,在她的童年中

KAFKA Y LA MUÑECA VIAJERA

留下不可磨灭的阴影。她会觉得洋娃娃抛弃了她,她最亲密的伙伴背叛了她。如果这样,她幼小的心灵一定无法接受。如果不能兑现对她的承诺,在第二天约定的时间带给她洋娃娃的信,或许艾希以后都不会再相信任何人了——所以他毫无保留地用他的才华和智慧,让旅行娃娃在他的文字中获得生命;他搜集世界各地的邮票,让信件看起来就像真的一样;他停下了手里的其他创作,专注地为艾希一个人写作;他温柔地为艾希朗读每一封信件;他细心而体贴地为旅行娃娃安排一个最美好的结局,让艾希相信旅行娃娃真的获得了幸福……

卡夫卡如此投入地为艾希精心编织了一个美丽的梦,艾希也完全投入地真心相信着这个梦。卡夫卡为艾希付出了大量的心血和劳动,艾希则对卡夫卡给予了彻底的信任和依赖。卡夫卡在旅行娃娃的信里面安慰艾希,鼓励艾希,同时也发掘着自己,表达着自己。那些布里奇达写给艾希的暖暖爱意,在某些时刻会让人恍惚以为是卡夫卡说给恋人朵拉的爱的絮语。对于这位终生未娶、羞怯而善良的作家而言,这些爱的言语是如此珍贵。也许正因为如此,本书的作者霍尔迪·塞拉·依·法布拉才会说那些旅行娃娃的信"或许是他最美好最出众的一部文学作品"。卡夫卡一生都在与孤独和痛苦纠缠,却唯独为一个萍水相逢的小女孩艾希创作了这部充满柔情

与善意、温暖与光明的作品,这本身就是一个奇迹。

那些被艾希深爱过的信件,也许不是卡夫卡最夺目的篇章,却一定是最幸福的文字;那个被艾希深深需要过的卡夫卡,也许不是最得意的作家,却一定是最幸福的"洋娃娃邮差"。

1923年的夏天,那个风和日丽的上午,在生机勃勃的斯泰格里茨公园,艾希遇见卡夫卡,卡夫卡遇上了艾希。所以,我们一起遇到了爱的奇迹。

能这样如奇迹般相遇,真好。

KAFKA Y LA MUÑECA VIAJERA

《卡夫卡和旅行娃娃》
班级读书会教学设计

岳乃红/儿童阅读推广人

【作品赏析】

　　故事发生在一个风和日丽的早晨,因为一个名叫艾希的小女孩的哭泣,我们看到了一个洋娃娃旅行的故事,而给小女孩编织美丽故事的人就是小说的主人公——卡夫卡。

　　卡夫卡完全可以不去理会一个小女孩的哭泣,完全可以用其他谎言来敷衍小女孩的追问,也完全可以简简单单地草拟一封来自异国他乡的信交到小女孩手上,然后给这个故事画上一个美丽的句号。可是故事却没有按照我们常人的想法发展下去,卡夫卡一封接一封地创作着给艾希带来惊喜与幸福的故事,并用最恰当的声音朗读给她听。就这样整整三个星期,卡夫卡停下了手头所有的工作,给艾希写了二十封信。当然,他是以艾希丢失

 卡夫卡和旅行娃娃

的洋娃娃——布里奇达的名义写的。

艾希一天天热切地等待着布里奇达的来信。聆听中，艾希那颗悲伤的心慢慢地平复，她开始理解布里奇达离开的原因，懂得了每个人都会不停地向前走，应该勇敢地去面对人生。故事是一个圆满的结局，当艾希又像从前一样和她的小伙伴一同玩耍时，我们发现艾希真的长大了。

这些不正是卡夫卡希望看到的吗？当初，卡夫卡在没有任何准备的情况下掉进了一个游戏的漩涡之中，可是这个痛苦的谎言最终却让他懂得了生活需要什么，生命应该有怎样的色彩。所以这一封封信看似是布里奇达的讲述，实则是卡夫卡的心灵自白；看似是卡夫卡抚慰了一个小女孩悲伤的心，实则是卡夫卡的自我救赎，就像一道光芒照进了他的身体和灵魂。

这是一个充满爱的故事，对儿童的爱、对自己的爱、对生命的爱、对我们身处的这个世界的爱。一封封信，串联起这人世间最最真挚的情感。希望这个世界上有更多的成人能够像卡夫卡一样，做一名替洋娃娃送信的邮差。

【话题设计】

1. 这些信是谁写的？写信的目的是什么？最终这个

KAFKA Y LA MUÑECA VIAJERA

目的是否达到了？

2．读着这一封封信，艾希有什么变化？她开始认识到了什么？

3．卡夫卡为什么要持续不断地给艾希写信？你觉得是艾希需要这些信呢，还是卡夫卡自己需要？

4．对于卡夫卡和艾希而言，信又意味着什么呢？

5．你能理解卡夫卡为什么把送给艾希的漂亮瓷制娃娃叫作朵拉吗？

6．回忆一下自己的童年生活，你是否遇到过"洋娃娃邮差"呢？

【延伸活动】

1．绘制旅行娃娃旅游路线图：找一幅世界地图，在地图上圈出旅行娃娃曾经去过的国家，为旅行娃娃绘制一张旅游路线图。

2．制作一张城市名片：旅行娃娃到过许多国家中的一些著名的城市，你了解这些城市吗？你了解这些城市的历史文化和风土人情吗？请选择一个自己感兴趣的城市，并搜集相关资料，制作一张城市名片。

3．寻找自己的"洋娃娃邮差"：在你的童年记忆中，是否也有一位充满爱心的"洋娃娃邮差"？他（她）是谁呢？你和他（她）之间又发生了怎样的故事？写下来和我

125 卡夫卡和旅行娃娃

们一起分享吧!

【亲子阅读】

1.这本书非常适合亲子共读。每天可以选择一个固定的时间,爸爸妈妈和孩子一起来阅读,读完后适当做一些简单交流。长此以往,不仅可提高孩子的阅读能力,还可以融洽亲子关系。

2.爸爸妈妈可以想一想,自己是否也在孩子的成长中充当过"洋娃娃邮差"的角色呢?还可以和孩子讨论一下,做一个"洋娃娃邮差"应该具备怎样的条件?